秋山賢司

碁の句

――春夏秋冬――

文治堂書店

碁の句

——春夏秋冬——

目次

この書に寄せる　大竹英雄　4
正月の句　7
春の句　23
夏の句　63
秋の句　123

冬の句……167
無季の句……205
あとがき……218

表紙と挿画　蔦垣幸代

この書に寄せる

大竹英雄

私たち専門棋士を別にして碁好きのみなさんには三つの楽しみがあると思います。一つはもちろん打つ楽しみです。打って勝てばなお楽しいことでしょう。二つめの楽しみは観ること。新聞の観戦記を読むのがこの代表ですが、棋力向上を目指してのテレビ対局や、最近ではネットでの対局観戦も含まれます。ともすると軽視されがちな三つめの楽しみは、碁の歴史を学んだり、過去の文芸作品にどう扱われていたかを知ったりすることではないでしょうか。

二つめの楽しみと三つめの楽しみに活躍するのが、秋山賢司さんです。観戦記者として春秋子のペンネームをもつ秋山さんとは四十年以上のつきあいになります。私も名人戦挑戦手合などで何度も観戦記を担当してもらいました。読者に親切なことでは定評があり、棋士と愛棋家を結ぶにはうってつけの存在です。

三つめの楽しみにも、秋山さんの博識を活かした筆は冴えます。『碁の句——春夏秋冬——』は『週刊碁』に連載されたときから愛読していました。今あらためて読み直すと、江戸時代から現代まで、じつに多くの人が俳句に碁を詠み込んでいるのかが分かります。私も俳句が好きでテレビの俳句番組をよく見ますが、これほど碁に関する俳句があるとは知りませんでした。驚きもありました。松尾芭蕉が愛棋家で、碁の句をいくつも残していたとは。正岡子規が短い生涯で三十以上もの碁の句を後世に伝えたのもうれしい限りです。

碁の背後にはさまざまな文化的文芸的な厚みがあります。俳句がそのいい例でしょう。ほかにこんな素晴らしい知的ゲームは考えられません。本書を多くの方にお勧めするゆえんです。

（日本棋院・九段　名誉碁聖）

平成二十九年四月

本書は平成二十三年新年号から二十五年新年号まで週刊碁に連載した「碁の句——春夏秋冬——」を編集しました。
◎は単行本に際し、新たに加えた百句です。

正月の句

1　正月の句

打《うち》そむる碁の一目《いちもく》や今日《けふ》の春

斎藤徳元

新春をことほぐ

明けましておめでとうございます。新春をことほぐ碁の句はいろいろありますが、第一位に推したいのがこれです。「打そむる」は打ち初むる。打初めのことですね。打、碁、一目と碁関連のことばが連続して、うまい句とはいえませんが、新春のよろこびがストレートに伝わります。

おそらく元旦、来客があったのでしょう。碁好きなら新年のあいさつも屠蘇もそこそこに、さっそく一局となる。その第一着をいつくしむように打ちおろしたことが「一目」にうかがえます。斎藤徳元（一五五九―一六四七）は戦国末期から江戸初期にかけての武将、俳諧師。斎藤道三は曾祖父にあたります。初め織田信長に仕え、のち豊臣秀吉の馬廻り。関ヶ原の合戦を経て浪人となり、江戸浅草で連歌俳諧教授者として身を立てます。詠みっぷりが大らかでのびのびしているのは元武将だからか。もう一つ、新春の句をどうぞ。

初日影《はつひかげ》盤の石波《いしなみ》風なけれ

鹿間松濤楼《しょうとうろう》の作。松濤楼の句はこれからもとりあげるので紹介はそのときに。碁の句を最も多くつくった俳人と記憶していただきましょう。

徳元とは対照的に技巧的でこまやかです。「石波」とは榧盤に石を打ちつけたときにできる小さなくぼみのこと。風のないおだやかな元朝、初日の光が碁盤に差し込み、石波を浮き立たせた。風と波はつきものですが、「風なけれ」に作者の並々ならぬ冴えを感じさせます。

◎打初《うちぞ》めや先《ま》ず目を持って梅の花　琴石《きんせき》

梅の花は家紋などに用いられますが、五弁と中央に丸の梅鉢形に書きます。中央に丸を入れた模様が目を持った形に似ているというのでしょう。琴石は江戸中期の俳人。

2　正月の句

蓬萊《ほうらい》や橘匂《にほ》ふ初碁盤

市川　団十郎（二代目）

団十郎と新春の句

新年らしい句を探していたら、二代目市川団十郎（一六八八―一七五八）にぶつかりました。名優中の名優でとくに「助六所縁江戸桜《すけろくゆかりのえどざくら》」は二代目の当たり狂言だったといいます。なぜ歌舞伎役者が五七五なのか。現代はいざ知らず、江戸時代の多くの歌舞伎役者は風雅なたしなみの一つとして、俳諧を楽しんだものです。たとえば初代市川団十郎、三代目沢村長十郎、三代目市村羽左衛門ら。その代表が二代目団十郎、柏莚《はくてい》でした。少年時代の一時期、宝井其角（三〇頁参照）に俳諧を学んだと伝えられます。

しかしこの句の解釈は難しい。「蓬萊」は新年のお祝いに大皿に白米を盛り、その上にのしあわび、伊勢えび、勝ち栗、昆布、橙、橘……などを飾ったもので、年賀の客にふるまわれたとか。いまではほとんど見られなくなった風習です。市川家には蓬萊と碁盤が並べられ、橘のほのかな香りがただよっているということでしょうか。

前書があります。「去る御方様へ御望みにしたがい奉り、野句をさし上る。右は御小袖の御模様也。御小袖の上に、発句三句、御裾模様に碁盤とごいしのよし」。ひいき筋の女性の着物に書きつけた句だったのです。その着物の裾には碁盤と碁石の模様があったので、当意即妙でつくったのですね。

蓬萊と碁の縁語である橘(碁の別名は橘中の楽)、そして打ち初めに使う碁盤。めでたさの三重奏です。最高の新年プレゼントでしょう。団十郎のサービス精神を見ることができます。役者として俳人として脂の乗り切った四十八歳のときの作です。

◎武士《さむらい》の羽子板見よや厚碁盤　　市川団十郎

武士の羽子板は飾りものが多く、まるで厚碁盤だ。上級武士を揶揄した二代目団十郎らしい反骨の句です。

3　正月の句

琴《きん》棋《き》書《しょ》画《が》それにもよらず老《おい》の春

河合曾《そ》良《ら》

琴棋書画と正月

琴棋書画ということばは大陸から伝わって、平安時代には教養人必須のたしなみとして一般的になりました。琴を中心に音楽、碁（将棋は含みません、念のため）、そして書と絵。その琴棋書画が江戸時代以降はとくに正月に楽しまれたようです。したがって「老の春」の春は新春、つまり正月を指すと解釈していいでしょう。淋しい句ですね。世間では琴棋書画を楽しんでいるのに、老いぼれの私にはそんなたしなみはない。旅を友とし、ただひたすら俳諧の道を進むだけとの悟りや諦念のようなものを感じさせます。作者の河合曾良（一六四九―一七一〇）はもともとは伊勢長島藩の下級武士でしたが、致仕して江戸に出て、和歌や神道を学んだあと、松尾芭蕉に入門。芭蕉の信頼が厚く、『奥の細道』の旅に同行して、詳細な旅日記を残したことで知られます。

次は明治時代の琴棋書画。

琴棋書画松の内なる遊びかな

高浜虚子二十五歳の作。松の内ののどかさを詠んだのでしょうが、熱心ではなく、どこか投げやりな感じがします。虚子先生にしては凡作の部類と思います。もう一つ琴棋書画を。『柳多留』にある古川柳です。

琴棋書画ならべたばかり知りんせん

琴棋書画は高級遊女のたしなみでもありました。しかし並べてあるばかりで知らない。「知りんせん」は花魁《おいらん》ことばです。

◎琴碁書画揃えて嬉《うれ》し年忘《としわすれ》　千喜久

この場合の碁はキと読むのでしょう。琴碁書画がそろって新年が迎えられるとの意味。千喜久は江戸後期の俳人ですが、詳しいことは伝わりません。

4　正月の句

橘に碁の音聞かん今朝《けさ》の春

大島蓼《りょう》太《た》

橘中の楽

「橘」は柑橘類の総称。庭の大きなタチバナの実を割ったら、中で二人の老人が碁を打っていたという話が中国古代の『幽怪録』なる書物にあります。ここから橘中の楽は碁の別名になったとか。

この句の「春」は新春。とすると「今朝の春」は元旦ですね。初日を拝みに庭に出たついでに、タチバナに碁の音を聞こうと耳を傾けた。しかしタチバナから音がするはずはありません。聞こえるとしたら隣家の碁の音でしょう。それでも「橘に」と言い切ったところに風雅なおもむきや俳諧味があるのです。

作者の大島蓼太（一七一八―八七）は門弟三千人以上と言われた人気俳人。江戸座（宝井其角系統の一派で都会風の洒落と機知を重視）に対抗して蕉風復帰を提唱しました。次の句もそっくりです。

霜がれの蜜柑《みかん》に聞《きか》ん石の音

現代なら盗作騒ぎが起こりそうですが、江戸時代は万事おおらかでした。「霜がれの」ほうが三年早く発表されました。蓼太先生、さてはこれを参考にしたかな。「みかんにきかん」で巧みに韻を踏んでいます。作者の中村魚眼《ぎょがん》は大坂難波新地の茶屋の主人で浄瑠璃作者としても知られます。

◎仙人頓死橘中と札をかけ　江戸川柳・天保期

忌中《きちゅう》ならざる橘中《きっちゅう》。仙人は碁を打っているときに頓死したのかもしれません。それなら橘中と札をかけたくなります。「橘中の楽」の故事をふまえ、なるほどと思わせるユーモアの川柳です。

5　正月の句

榾埃《ほたほこり》掃《は》く朝一棋《いっき》新《あら》たなる

河東《かわひがし》　碧梧桐《へきごとう》

気分を一新して

「榾」は木の切れっぱしで冬の季語。焚きつけに用いられます。碧梧桐先生、冬の朝、庭そうじをして、榾も落葉も埃も一緒に掃いて清めた。そして訪ねてくる友人を待ち、気分を新たにして碁盤に向かったのでしょう。一局の碁の意味の「一棋」がそれまでの俳句には使用例がほとんどなく、とても新鮮。「新たなる」と結んで凛とした雰囲気をかもし出すのに成功しています。おそらく打ち初めでしょうね。碁好きで棋力抜群の碧梧桐らしい佳句と思います。

明治四十二年（一九〇九）三十七歳の作。このころの碧梧桐は師の正岡子規の提唱した客観写生から離れ、多くの主観句をものにします。「榾埃」もそんな一句であり、花鳥諷詠趣味にとどまらない革新性を感じさせます。同時期の次の句は愛棋家の作とは思えません。

凩《こがらし》や火して盤石割《さ》きし朝

こがらしの吹く朝、暖をとるために碁盤を割ってしまった。盤石とあるので碁笥や碁石も火にくべたのでしょう。「榾埃」との落差の大きさに驚かされます。言外にもう碁なんてやめたと語っているようです。どんな心境の変化があったのか分かりませんが、多くの碁の句をものにした碧梧桐のこれが最後の碁の句となり、以後、一段と革新性を強めていくのです。ただし碁をやめることはなく、棋士であり俳人でもあった鹿間千代治（松濤樓）に三子で指導を受けた記録が残っています。

◎榾焚《ほたた》いて碁石あぶるや汚れ客　只什《しじゅう》

榾（燃すための切れ端）を焚くのは冷たくなった碁石を温めるため。それを主人の眼には汚い所作と映ったのかもしれません。只什は江戸後期の俳人。

6　正月の句

梅咲きし鶴に似し人ゆきてより　久米三汀

本因坊秀哉名人の死を悼む

一月十八日は秀哉忌。東京巣鴨の本妙寺では法要が行われ、墓は線香や花が絶えません。世襲制最後の本因坊である秀哉（田村保寿、一八七四―一九四〇）は本因坊名跡を日本棋院に譲与したあと、木谷實との引退碁にのぞみ、終わってほぼ一年後の昭和十五年のこの日、亡くなります。

「鶴に似し人」はもちろん秀哉。大変な痩身で九貫そこそこ（約三十五キロ）しかなかったから鶴に似し人と表現したのです。倒置法がしゃれています。鶴にも似た秀哉名人が亡くなってから梅の花が咲いた。ただそれだけですが、偉大な棋士を失った悲しみが伝わってくる佳句だと思います。作者の久米正雄（三汀《さんてい》は俳号）は芥川龍之介らと純文学をめざし、のち通俗小説に転じて人気を博しました。河東碧梧桐に影響を受けた俳人としても知られます。もう一句、秀哉名人関連を。

落陽の光りも利《と》しや冬木立

「本因坊名人の長逝を悼みて」と前書があります。「利《と》し」は鋭いの意ですが、よし(宜《よろ》しい)とも読めます。秀哉名人の鋭い棋風を多少なりとも偲んでいるでしょうから、としがいいのではないかと愚考します。引退碁での最後の輝きを「落陽の光り」と詠んだのかも知れません。作者は広瀬平治郎(俳号は北斗)。方円社社長として秀哉と碁界合同を画策し、大正十三年の日本棋院創立につながるのです。この句を詠んだ五ヵ月後、すぐれた俳人でもあった広瀬も帰らぬ人となりました。

◎霜きびし師の影しのぶ秀哉忌　福原三分子

三分子とは専門棋士の福原義虎七段（一九〇二〜一九七〇）の俳号。本因坊秀哉と師弟関係はないけれど、偉大な先輩をしのぶ気持ちが伝わってきます。

7　正月の句

年の内に白の先手や梅の花

中川乙《おつ》由《ゆう》

梅は白の先手

梅は白梅と紅梅が咲く時期を競いますが、白梅の方がやや早い。それを碁のことばを用いて「先手」と表現したのです。しかし「年の内」、つまり正月の前に咲くとは早すぎるのではないかと思われるかもしれませんね。いいえ、決して早くない。ここでいう年とは江戸時代まで行われていた旧暦を指します。旧暦と明治維新後に採用された新暦（太陽暦）とはかなりのずれがある。たとえば旧暦の元日を新暦に当てはめると、ほぼ一月二十三日になります。二十三日より前に白梅が咲いてもおかしくないのです。

乙由（別号は麦林、一六七五―一七三九）の「仙人の碁にも指さす蕨《わらび》かな」は二八頁で紹介します。伊勢の裕福な材木商でしたが、風雅の道に励みすぎてか身上をつぶし、伊勢神宮の御師《おし》（下級神官）になった人です。伊勢派（麦林派）と呼ばれる勢力を築いてもてはやされたといいます。梅の句をもう一つ。

梅が香《か》の動きもやらで碁うつ音

「やらで」は遣るの未然形に打ち消しの助詞「で」がついた形。ほんのりと梅のいいかをりがするのに、それを気にも止めずにパチリパチリとやっている。なんとも無風流な人たちよ、です。嗅覚と聴覚を対比させたところがミソですね。作者の夏目成美《せいび》（一七四九―一八一六）は九〇頁で「紫陽花や赤みさすまで碁の手合」を紹介します。碁好きの生態をからかう点では似ています。

◎五つ置く碁の友来たり梅の宿　士喬

五つ置く、で梅の花をそれとなく暗示したのでしょう。作者の松岡士喬（一七二〇～一七九三）は高井几董門下で、与謝蕪村に連なる俳人。

用語解説（正月・春）

目を持つ　9頁　石が生きるための着手。目は眼とも書く。石は二眼を持って完全な生きとなる。

先手　20頁　相手に先んじること。囲碁以外でも使われ、「先手を取る」といえば、相手に先んじて局面の要所を占めること。反対語は後手。

四子置く　24頁　ハンデイキャップをつけること。プロ棋士や実力差のない対戦は盤上に石を置かない状態で打ち始めるが、ある場合は、二段（2級）差なら二つ、四段（4級）差なら四つ置く。九つの場合を星目といい、一応の上限としている。置き碁。

上げ浜　27頁　取った相手の石をアゲハマという。碁笥（碁器）のふたに置き、最後に整地をするとき相手の地（スペース）に埋める。

本因坊　27頁　もともとは江戸時代の初めからあった碁の家元の一つ。他には安井、井上、林の四つがあった。各家元は幕府から俸禄を受け、その地位は代々世襲だった。現代の本因坊は、棋聖、名人と並ぶタイトル名になっている。

四町　40頁　シチョウ。相手の石を取る技術の一つ。斜めに石を追いかけて取る。それを阻止するために置く石をシチョウ当たり、という。四一頁参照。

春の句

8　春の句

四子《よんし》は置けど童子が棋才笹鳴ける　喜《き》谷《たに》六《りっ》花《か》

後生おそるべし

思わず膝をポンとたたきたくなるうまい句です。ちびっ子に四子置かせたのは作者か、あるいは作者はその対局を観戦しただけなのかよく分かりませんが、おそらく前者でしょう。このちびっ子、なかなかやるわい、後生おそるべしと感心した図です。下五に「笹鳴ける」を持ってきた趣向がまた秀逸。笹鳴きは小鳴《ささな》きとも書き、冬や早春にウグイスのさえづり方がまだととのわず、へたな鳴き声のこと。いまのちびっ子はそんなウグイスでも、やがて立派にさえづるだろうというのです。

喜谷六花（一八七七―一九六六）は東京下谷の曹洞宗梅林寺の住職。河東碧梧桐に師事し、自由律の革新的な俳句で知られます。碁好きで腕自慢の碧梧桐の影響を受け、六花自身も碁をよくしたはずです。だからこんな句が作れたのでしょう。もう一つ似た句をどうぞ。

老鶯《らうおう》や郷《がう》に知らるゝ子の碁才

老鶯（現代かなづかいではロウオウ）は春すぎて鳴くウグイス。鳴き声は大きく、よく響く。同じようにちびっ子の碁才も近郷近在に鳴り響いているというのです。郷はクニと読むこともできます。「四子は」が先にできて、こちらがあとと思いがちですが、作者の島崎又玄《ゆうげん》は松尾芭蕉と交遊のあった十七世紀後半から十八世紀前半の人。たぶん六花は「老鶯や」を知っていて、その前段階として「四子は」をつくったのでしょう。

◎坊主子《ぼうずっこ》の碁勢にすくむ髭男《ひげおとこ》　江戸川柳・宝永期

ちびっ子の勢いがよく、髭のおとなが苦戦する図。「大差でも投げないおとなげない」という現代川柳もあります。

9　春の句

末黒野《すぐろの》に白浜《しらはま》のよな場面うつ

喜谷六花

盤上の黒白模様

碁は色彩的にきわめて単純な黒白二色によって織りなされます。その盤上の黒白模様を詠んだ俳句で上位に推したいのがこれです。「末黒《すぐろ》」とは聞き慣れないことばですが、早春、若草を生えさせるため野焼きしたあとの黒々した状態をいいます。奈良若草山や山口県秋吉台の野焼きが有名です。広大な黒模様の中、砂清き白浜にも似た未開地に敢然と打ち込む。稼げるだけ稼いでドカンと入っていく木谷實九段の碁を思わせます。本因坊秀和と幻庵因碩の碁にもそんな場面がありました。

六花は前にも紹介しました。六花と親しかったのが、俳人であり専門棋士でもあった鹿間松濤楼です。盤上模様となると松濤楼は他の追随を許しません。

上げ浜のあと烏羽玉《うばたま》の夜長碁《よながご》よ

「烏羽玉」はぬばたまともいい、ヒオウギ（アヤメ科の多年草）のまるくて黒い種。夜の枕詞《まくらことば》です。白石を打ちあげて黒々した盤上を烏羽玉と表現したのですね。専門棋士らしく、松濤樓著の『古今百句百局』には背景となった碁に言及しています。文政四年（一八二一）の本因坊丈和―四宮米蔵の二子局、米蔵が二十一目の白をコウの振りかわりでぶち抜き、誰もが黒の中押し勝ちと予想したのに、丈和のヨセが精妙をきわめ、ついにジゴになった一局です。

「末黒野」にしても「烏羽玉」にしても、碁を想像すると一段と味わい深くなります。

◎広々と本因坊の白の月　江戸川柳・元禄期

元禄時代の本因坊は碁聖と称された道策。白番で大模様を張った碁もあり、広々とした白の月の表現もうなずけます。

10　春の句

仙人の碁にも指さす蕨《わらび》かな

中川乙由

仙人の碁といえば爛柯

五七五に「仙人」と「碁」が出てくれば爛柯《らんか》を詠んだものと相場が決まっています。きこりが山に入ると、碁を打つ仙人に出会う。思わず盤上に見とれ、気がついたら斧の柄がボロボロになっていたという中国の昔ばなし。仙人らしく、一局に五十年も百年もかけたのですね。爛はただれる、くさる、柯は斧の柄。

仙人の碁に蕨を持ってきた奇想には舌を巻かざるを得ません。蕨は蕨でも早蕨《さわらび》は早春、地中からこぶし状に巻いた新芽を出します。その状態を「指さす」と擬人法で表現したのです。何十年も前からずうっと同じ碁を打ってるよ、あきれたね、です。ついでに観戦者のきこりにもあきれたでしょう。江戸時代の教養人にとって爛柯の話は常識だったようです。中川乙由（一六七五―一七三九）は伊勢の人。材木商から伊勢神宮の神職となり、松尾芭蕉の晩年の弟子といわれます。次の蕨の句は仙人とは関係ありません。

黒石や早蕨《さわらび》の手を引かぬ内《うち》

「那智黒石」と前書がありますが、解釈が難しい。黒白を決める握りを早蕨と表現したのでしょう。握った手の引かぬうち（開かぬうち）に丁先、半先をいわねばなりません。コミなんてない時代ですからね、黒を取る方が断然有利。首尾よく黒が当たれと念じたと解釈しておきます。作者の青玉は十八世紀なかばの俳諧書に名が見えますが、くわしいことは何も分かりません。

◎助言ほどに石に指さす蕨かな　吟風

碁で助言をする際に、石を指さす仕草が蕨とそっくりと詠んだのでしょう。庄司吟風は幕末から明治初めにかけての俳人。

11　春の句

雛《ひな》やそも碁盤にたてしまろがたけ　宝井其《き》角《かく》

江戸庶民の一番人気

江戸庶民に最も愛された俳人は松尾芭蕉でも小林一茶でもなく、芭蕉の高弟の宝井其角（榎本とも、一六六一―一七〇七）だと思います。詠みっぷりの華やかさとユーモアが庶民の気質に合ったのでしょう。江戸の正月のにぎやかさをうたった「鐘一ツ売れぬ日はなし江戸の春」、向島の三囲《みめぐり》神社での雨乞いの際の「夕立や田を見めぐりの神ならば」、蘇東坡の名詩「春宵一刻直《あたひ》千金」を下敷きにした「夏の月蚊をきずにして五百両」は人口に膾炙しました。「夕涼みよくぞ男に生まれける」という川柳的な句も有名です。

もうすぐ雛まつりですが、其角の雛まつりと碁を同時に詠んだ珍しい句がこれ。「そも」がポイントです。「そもさん」（漢字で書くと怎麼生）の略で、禅僧の公案に用いられる疑問の意を表すことば。「さていかに」がぴったりします。「まろ」(麻呂)は普通一人称（わたし）ですが、ここではちょっとおどけて、あなたの意にかかっているのです。雛壇の代わりに碁盤に立てかけた雛人形に、あなたの背丈はどれほどかなと話しかけた図が浮かびます。

この句には伊勢物語に典故があると主張する研究者もいますが、そう難しく考えずに、愛らしい小品ととらえるだけで十分です。碁盤はまったくの脇役。雛人形は盤上に置かれたのではなく、盤の側面に寄りかかるように立てられたのでしょう。其角は芭蕉の碁好きを受けついだらしく、碁の句をいろいろ残しました。

◎白黒の間《あい》の障子やむめと星　宝井其角

盤上が白と黒というのは分かりますが、障子で隔てられた外の光景も梅（白梅か）と星が白で、夜の闇が黒。其角らしい機知の句です。

12　春の句

女二人雛《ひな》の碁をうつ火影《ほかげ》かな

嵐《らん》亭《てい》富《ふ》屋《おく》

雛人形の碁

雛まつりの季節です。雛まつりとくれば雛人形ですが、古くは平安時代からあったとか。ただし当時は紙でつくった立ち雛です。室町時代に入って坐り雛が中心となり、江戸中期以降は現在と同じ雛人形がつくられるようになったといいます。雛人形も男雛女雛、三人官女、五人囃子だけではなく、あらゆる人形を雛壇に並べて華美を競ったのです。そんな中に碁を打つ人形があったのですね。

ところで、「女」を何と読むか。オンナなら常識的でしょう。この場合は『源氏物語』の人妻空蝉《うつせみ》と義理の娘の軒端《のきば》の荻《おぎ》が碁を打つ場面を想像したくなります。しかし女はムスメとも読めます。それなら同じ『源氏』でも「竹河《たけかわ》」の大君《おおいぎみ》と中君《なかのきみ》の桜をめぐる賭碁です。雛まつりですからね、若くて美しい姉妹による対局の人形のほうがぴったりなので、ムスメを採用したいと考えます。碁を打つ雛人形がぼんぼりの明かりに浮かびあがる。ただそれだけですが、愛らしい小品に仕上がっています。作者の富屋（?―一八〇六）には『嵐亭富屋句集』があり、かなりの人気俳人だったようです。

雛まつり＝桃の節句関連をもう一句。梅や桜には負けますが、桃の花も碁の句の題材になりました。

碁にむけば日も暮《くれ》やすし桃の花

碁盤に向かえば時のたつのは早い。桃の花と結んで春ののどかさをうまく表現しています。作者の雪叩《せっこう》は十八世紀後半の人です。

◎節供《せっく》哉雛をかざりて碁すご六　楚《そ》の

楚のは江戸後期の女流俳人で高井几董門下。雛人形を飾ってから碁や双六を楽しむのは女性のたしなみだったのかもしれません。

13　春の句

碁の客を待間《まつま》に菊の根分《ねわけ》哉

内藤鳴雪《めいせつ》

子規門の重鎮・鳴雪

正岡子規にはこれはと見込んだ人物を自分の弟子にしたがる性癖のようなものがありました。親友の夏目漱石しかり、二十歳も上の内藤鳴雪（一八四七―一九二六）しかり。鳴雪は伊予松山藩士の子として生まれ、昌平坂学問所に学んだエリート候補生。明治維新後は文部省の役人となり、のち、旧藩主に請われ、常盤会（愛媛出身者のための奨学組織、スポンサーは旧藩主）寄宿舎の舎監につきます。ここで舎生の正岡子規と知り合うのです。相当しつこく句づくりを勧められたようですね。子規の門下になったのは明治二十五年（一八九二年）ころ。

その二年後の春、子規先生が呼ばれた鳴雪宅での句会で詠んだのが「碁の客を」です。「根分」とは植物の根を分けて植え移すこと。対局前の気持ちを菊の根分けで落ちつかせたのでしょう。碁は脇役ですが、碁好きの子規へのサービス精神を見ることができます。次も当日詠まれた句です。

春雨や軒の玉水《たまみず》囲棋《いご》の音

「玉水」はこの場合雨だれ。雨だれのポタンポタンにパチリパチリという石音が呼応して、春らしいのどかな雰囲気をかもし出しています。『子規全集』には作者不明となっているものの、俳風から鳴雪の作ではないかと愚考します。

鳴雪は子規の没後も俳句誌『ホトトギス』を援助するなど、子規一門の重鎮として活躍し、八十歳の天寿をまっとうしました。

◎雲ぬれて春の山寺碁をかこむ　正岡子規

明治二十七年作。「雲ぬれて」という独特の表現が春の暖かさを感じさせると同時に、山寺の碁でなごやかな雰囲気をかもしだしています。

14　春の句

打つ石の春光迅《はや》きひびきかな

中村汀《てい》女《じょ》

女流俳人、呉―藤沢戦を観戦

中村汀女（一九〇〇―八八）は昭和を代表する女流俳人。高浜虚子に師事して『ホトトギス』の同人となり、半世紀にわたって第一線で活躍しました。晩年はテレビを通して俳句の指導や普及に尽くしたのを思い出します。その汀女が昭和二十七年三月十一～十三日に行われた呉清源―藤沢庫之助（のちの朋斎）の十番碁第五局を観戦して詠んだのがこれ。

昭和二十四年、藤沢は大手合制度初の九段昇段を果たす。その翌年、日本棋院は呉に九段を推薦する。両者の対決は避けられない運命だったのでしょう。すったもんだの末、実現した十番碁は第四局まで藤沢二勝一敗一ジゴとリード。こうして迎えたのが藤沢痛恨の第五局でした。中盤の決めどころを逃し、三日目（持時間各十三時間）

に入って、非勢の藤沢が秒読みに追われ、打つ手が早くなる。その様子を「春光迅き」と表現したのです。汀女が詠んで読売新聞に紹介されたのはこれだけではありません。

かくばかりおどろきやすし春の人

観戦記を読むと、節電のための二日目は停電日だったとか。当時は電力事情が悪かったのです。ろうそくの明かりでの対局でしたが、なぜか突然電灯がついた。「二人アッと同時に声を出した」と観戦記は伝えます。この背景があれば句もよく理解できます。なお十番碁は第五局以降藤沢は五連敗を喫し、互先から先相先（一二八頁参照）に打ち込まれるのです。

◎藤蔓《ふじづる》の止《とど》まることのありやなしや　徳川夢声

徳川夢声（一八九四〜一九七一）は無声映画の弁士を経て漫談、司会、対談、著述などに活躍。昭和二十四年、藤沢庫之助が九段に昇段したときに贈った機知の句です。

15　春の句

春初《そめ》り賭碁《かけご》の櫻いそいそと

内藤露沾《ろせん》

花の句一挙大公開

花＝桜のたよりが聞かれるようになりました。そこで六回連続して、桜の特集といきましょう。

この句は「初り」の使い方が大胆かつ新鮮です。普通は「打ち初《そ》む」のように動詞について、その動作がはじまるときに用いられます。名詞につくのはきわめて異例なだけに、強い印象を与える意図があるのです。

ところで「賭碁の櫻」とは何か。『源氏物語』の「竹河《たけかわ》」ですね。大君《おおいぎみ》と中君《なかのきみ》の美しき姉妹が桜の木の所有権をめぐってもめた。碁で決着をはかったのがにくい。桜争奪三番勝負。結局、中君が二勝して桜をわがものとしたのです。「いそいそ」は喜んで動作にはずみがついているさま。いそいそと碁を打ったのか、それともいそいそと桜は私のものよと主張したのでしょうか。

春の始まりを詠むのに源氏を持ってきて、王朝絵巻風の華やかさをかもし出すのに成功した内藤露沾（一六五五―一七三三）は陸奥磐城の平藩藩主の子に生まれ、世嗣のはずだったものの、父に疎まれて廃嫡。江戸麻布で隠棲生活を送り、俳人として一生を過ごします。芭蕉や其角と交遊があったほか、碁の句も多く残しました。

もう一つ、花の句を。

さそはれて碁打《うち》かけたる花見哉

単純で分かりやすい句です。誘われて碁を打ちかけにして花見に行った。碁より桜ですね。『続虚栗《みなしぐり》』にある句。作者の内海安重は江戸前期の俳人です。

◎見ほれては上野の花か仙家の碁　悦山

見ほれて時のたつのを忘れるのは上野の桜か仙人の碁。爛柯《らんか》の故事をさらりと持ってきたのがしゃれています。悦山は江戸後期の俳人ですが、詳しいことは不明。

16　春の句

花によき所をとるや先手後手

野々口　立圃《りゅうほ》

花見のザレ句

芭蕉以前の俳人として忘れてならない一人が京都の野々口立圃（一五九五―一六六九）です。雛人形づくりの職人だったことから雛屋《ひなや》立圃ともいわれます。囲碁史にくわしい方なら、本因坊道策―雛屋立圃の有名な五子局をご存じでしょう。ただし活躍した時代がやや異なり、道策と立圃が打ったとは考えにくい。道策に五つ置いたのは別人ではないか。立圃には「碁打の花見」と題する戯文があり、碁のことばをあきれるくらいに弄したザレ句にあふれています。冒頭の句は「先手後手」が碁のことば。席取り合戦は早い者勝ちですね。どんどん紹介します。

四町《しちゃう》にやかかりがましき花の友

シチョウです。シチョウにかかったようにふらふらと桜に見とれているのでしょう。シチョウは征のほかに翅鳥、四丁、止長と書きました。

さかづきは打《うっ》て返しよ花の友

ウッテガエシは一子を取らせてたくさんの石を取ること。一杯の酒でより多くの酒をせしめたということでしょうか。

斧《おの》の柄《え》は朽《く》ちぬにもどる花見哉

「碁打の花見」の最後を飾る句です。爛柯伝説ですね。花に見とれて斧の柄がくさらないうちに戻って、碁を打ったという意味か。

◎花によひて皆持《ぢ》となるや下戸《げこ》上戸《じょうご》　野々口立圃

「碁打ちの花見」の中の句。「持」にはジゴとセキの二つの意味がありますが、ここは後者。桜に酔って酒飲みも飲まぬ人もセキになったように身動きしなくなったのです。

17　春の句

花いまや曼荼羅《まんだら》ふらせ盤の上

鹿間《しかま》　松濤樓《しょうとうろう》

追善碁会で故人を偲ぶ

十年ほど前の新聞観戦記にこの句が引用されているのを見て、なるほどと思いました。花を詠んだ碁の句では最も華やかな印象を与えます。「曼荼羅」は梵語《ぼんご》の音訳で佛様の悟りの境地のこと。普通はこれを模様化したものをいいます。曼荼羅模様のように盤上に桜を降らせよ――確かに華やかですが、じつは追善碁会を詠んだのです。松濤樓自身が『古今百句百局』でこう書きました。

「時は弥生、櫻花爛漫、恰《あたか》も忌日に相当して催す追善碁会である。厳かに設けられた祭壇に、繰々として立ち迷う香煙の奥に生けるが如く莞爾として、霊前の献棋を眺めつつあるは懐かしき故人の影像である」

故人が誰にせよ、思慕の情が伝わってくるようです。次も棋上による追善句。

局推して故人語らむほとゝぎす

作者は一七六頁で紹介する広瀬北斗（名は平治郎、追贈八段）。「中川八段追善に」とあり、昭和十二年に詠みました。二代目中川亀三郎（石井千治）は広瀬平治郎の前の方円社社長。田村保寿（のちの本因坊秀哉）との数次にわたる十番碁が有名です。ホトトギス（夏の季語）の鳴く中、碁を推しはかって中川八段の思い出を語ろうよ。湯呑茶碗の胴の部分に広瀬が「局推して故人を語らむ」と書き入れ、蓋にホトトギスの絵をあしらって、追善の会の参列者に贈呈されたといいます。広瀬の風雅ぶりがよく分かります。

◎散る花や打《うち》ちらしたる盤の上　中山班象

打ちっぱなしにして石の片付けられない盤上に、ひらひらと散る桜。「打ちちらす」という表現が新鮮です。班象は江戸後期の俳人。

18　春の句

皆散《ちり》て黒の地《ぢ》もなき桜哉

知《ち》尋《じん》

桜は白勝ち

寒さが厳しかったためか、桜の開花が遅れているようです。それでもちらほら桜前線の話題が届きます。桜の句で一番に推したいのがこれ。分かりやすく、じつにしゃれている。桜がいっせいに散ったところを想像してください。あたり一面まっ白になり、地面が見えなくなります。その様子を「黒の地もなき」と碁にひっかけて詠んだのです。碁なら白の完勝ですね。一七二九年、秋田で上梓された句集『秋田蕨《わらび》』にある句ですが、作者の知尋については何も伝わりません。次も同傾向の句。

一庭は夜のさくらの勝碁《かちご》哉

「一庭」はヒトニワよりイッテイと読む方が引き締まります。庭の満開の桜＝白が夜の闇＝黒を圧倒した。つまり桜の勝ち碁というわけです。「皆散て」と同じように機知の句ですね。作者は十八世紀前半の江戸の俳人、桃井仙水です。もう一句。

散る花に白碁《しろご》出来たり挟箱《はさみばこ》

「挟箱」とは上級武士の外出に際し、具足や着替用の衣服などを中に入れ、棒を通して従者にかつがせた箱（広辞苑）。挟箱の上に桜が散り、白くなった。それを「白碁出来たり」と詠んだのです。白碁という表現はきわめて珍しいけれど、雰囲気は何となく分かりますね。作者の正角《しょうかく》は知尋や仙水とほぼ同時代の人ですが、くわしい事績はほとんど伝わりません。無名ながらすぐれた俳人はいくらでもいました。

◎桜散る碁の下陰《したかげ》は白の勝　江戸川柳・享保期

屋外での対局でしょう。盤上はいざ知らず、碁盤の下は散った桜がいっぱいなので、白の勝ちというわけです。

19　春の句

片碁盤《かたごばん》都の東花ちりて

松尾芭蕉

芭蕉登場

俳聖松尾芭蕉（一六四四―九四）いよいよ登場です。相当な碁好きだったと思われる芭蕉ですが、独立した句や発句に碁を詠んだものはありません。そのかわり連句になると一変します。碁が出てくるわ出てくるわ。

連句とは発句の五七五から始まって、七七、五七五、七七……を繰り返し、最後の挙句（揚句）に続く詩歌の形式。普通は数人で囲み、三十六句で終わる歌仙、五十韻、百韻、五百韻、千句などがあります。

「片碁盤」は芭蕉四十三歳ころの百韻の中の一句。前句は芭蕉と交遊のあった小西似春《じしゅん》の「又なげられし丸山の色」です。丸山とは当時の弱い相撲取りだったとか。投げられた相撲取りの様子から、芭蕉は碁の投了を関連づけたのです。

「片碁盤」は文字どおり読めば碁盤の片側。碁盤の目のようといわれる京都の街並を考えれば納得できます。しかしもう一つの意味があり、一方的に片寄った局面、つまり投了するしかない局面と主張する研究者もいます。無残にも投げられた丸山は投了して桜が散ったようだね、です。「都の東」と限定したのが芭蕉ならではの俳諧味。丸山から京の円山を連想したのです。

次の七七もやはり芭蕉の「霞の間より膳が出ました」。これは当時の俳諧書『類船集《るいせん》』（高瀬梅盛著）に「円山灵《れい》（霊の異体字）山の座敷に碁盤のなきはなし」とあるのを踏まえています。円山灵山にあった料理屋でのできごとか。碁が終われば宴会。芭蕉のユーモアがよく出ています。

◎うれしがる山寺の出る片ごばん　江戸川柳・宝暦期

片碁盤の珍しい用例ですが、解釈が難しい。片方が欠けた粗末な碁盤でも、山寺で出されれば碁好きにはうれしい、いうことでしょうか。

20　春の句

葉ざくらや碁気《ごけ》に成行《なりゆく》南良《なら》の京

与謝蕪村

蕪村の造語か——碁気

「碁気」という聞き慣れないことばが出てきました。江戸時代以降の多くの碁の句を調べましたが、碁気が使われたのはこの句だけです。おそらく与謝蕪村（一七一六―八三）の造語でしょう。碁を楽しむゆったりした気分のこと。ゴキでもかまわないけれど、伝統的にゴケと読んでいます。火の気とか気配《けはい》のケですね。「南良」は奈良の当て字。京都に住んでいた蕪村はしばしば南の奈良に出掛けました。とくに桜の季節はそう。桜が咲き誇っているときは落ちつかず、あの桜を見たい、この桜も見たいと心せくもの。しかし奈良の桜が散って葉桜になり、やっと碁盤に向かう気分になったというのです。

蕪村の碁の句は多くないものの、かなりの碁好きだったと想像できます。葉桜のころは木の芽どき。そこでこんな句も。

碁に飽《あい》て幾たびも見る木《こ》の芽《め》かな

キノメよりコノメのほうが古風な感じがします。ところでこの句にはもう一つのメが隠されているのにお気づきでしょうか。碁盤の目です。碁盤の目を見るのに疲れ、目を転じて木の芽をながめる。蕪村の「葉ざくらや」とは逆のおもむきですね。一六八五年に金沢藩士の浅野鹿古《しかふる》（俳号は不卜《ふぼく》）が編んだ俳諧集『続《つづき》の原』にある句ですが、作者の鵡白《むはく》についてはいっさいが分かりません。加賀の俳人か。『奥の細道』の旅で金沢に立ち寄った芭蕉とは関係がなさそうです。

◎春の日も碁盤の上にかげりけり　　夏目成美

無人の盤上に春の日が差し、やがて暮れていく。ただそれだけですが、きれいにまとまっています。成美については九〇頁を参照下さい。

21　春の句

はるの野は上手《じゃうず》の打《うっ》た碁也けり

鑾《みね》　寥《りょう》松《しょう》

上手の碁、下手の碁

花＝桜の句が続いたので、ちょっと趣を変えましょう。

「上手」をウワテと読んではいけません。ジョウズにも二種類あり、名人上手というときの上手は名人に先を持つ七段のこと。この場合はジョウズヘタの上手ですね。物事に巧みなこと、またはその人。春の野はすばらしい。そよ風が吹き、鳥が鳴き、花は笑う。そのすばらしさをたとえるのに、碁を持ってきた発想がうれしい。じょうずの碁は無理がなく、バランスがよく、じつに美しい。しかも生命力に満ちている。春の野と同じです。

春の野とじょうずの碁をストレートに結びつけるのに成功した鑾《みね》（峰とも）寥松（一七六二―一八三二）は文化文政年間の人気俳人。浅草の美人藝妓を身請けして江戸の話題になったとか。もう一つ、対になるような句をどうぞ。

下手《へた》の碁に似たるもの何《なに》雲の峰《みね》

「雲の峰」は俳諧や和歌によくつかわれることばで入道雲のこと（夏の季語）。松尾芭蕉の「雲の峰いくつ崩れて月の山」が浮かびます。多くは雷雨をともなうので、ありがたくない存在です。下手の碁に似たものは何と、意表に出た表現で雲の峰に結びつけるテクニックには畏れいります。へたの碁は確かにすぐ乱れて雷雨のようになります。作者の和田希因《きいん》（一七〇〇—一七五〇）は加賀金沢で酒造業を営んだ俳人。「下手の碁」を知って、寥松は「はるの野は」をつくったのかもしれません。

◎下手の碁のやうに破るる芭蕉哉　卜流《ぼくりゅう》

芭蕉の葉は長さ二メートル近く。それが破れるさまは派手でまるで下手な碁のようだ。卜流は江戸後期の俳人ですがくわしいことは分かりません。

22　春の句

春得《え》たり碁石の浮かぶ池の蓮

内藤露沾

桜だけではない

春は桜。しかし春のすばらしさは桜だけに限りません。それをうまく表現したのがこの句です。「得たり」は動詞「得《う》」の連用形に感動の助動詞「たり」がついた形。うまくいった、しめたですが、現代風の「ヤッタネ」がぴったりです。蓮の葉に碁石が浮かぶといい切ったのがまたニクイ。碁石とは露ですね。朝日が当たって輝いている露は白石、日陰の露は黒石でしょうか。

露沾は何度も紹介しました。大名の跡継だったのにお家騒動に巻き込まれて廃嫡となり、若くして江戸で隠棲生活を送った俳人ですね。親しかったのがやはり前にとりあげた宝井其角です。一四四頁で其角の「白鶏《しらとり》の碁石になりぬ菊の露」を紹介しますが、秋と春の違いはあれ、じつによく似ている。其角の影響があったと見るのが自然でしょう。池の蓮の次は蝶。

碁の眼移す庭明け切って蝶《てふ》飛べり

棋士であり俳人でもあったおなじみの鹿間松濤楼の作。時間制限がないころの対局で、徹夜が明けて朝がきたときの情景です。松濤楼いわく「盤上に凝固したる視覚を充血の瞳を折から明け放されたる庭前に移せば、春の夜も今は名残《なごり》なく暁けわたりて、爽気愈々《そうきいよいよ》清き木の間より翩々《ほんぽん》として胡蝶の飛び来れるも我を慰め顔である」

飛び交う蝶をひとしきり見て、心機一転また盤上に没頭する。棋士でなければ詠めない佳句だと思います。

◎ちる花に風の碁をうつ盤の上　江戸川柳・元禄期

これも無人の碁盤でしょう。風に散って上に舞う桜。まるで風が碁をうっているよう。擬人法が冴えています。

23　春の句

碁に負けて忍ぶ戀路《こひぢ》や春の雨

正岡子規

「春の雨」師弟対決

近代俳句の巨人・正岡子規（一八六七―一九〇二）の有名な句です。これを詠んだ明治三十二年、子規は結核性脊椎カリエスが悪化し、ほとんど寝たきりの生活を余儀なくされます。したがって「忍ぶ恋路」なんて不可能。子規が強調した写生ではなく、過ぎ去った日の思い出をうたったのか、あるいは空想の産物でしょう。恋や愛に言及した俳句や短歌が極端に少なかっただけに、貴重な一句であるとともに、何やら切なくなります。しかし「春の雨」が暖かさを感じさせてとてもいい。相合傘だったのか、それとも「春雨じゃ、濡れて参ろう」といったのかな。

子規には多くの門人がいますが、その一人の村上霽月《せいげつ》（名は半太郎）にも「春の雨」があります。

棋響《ききやう》聞きつ君が家に至りぬ春の雨

碁がたきの家で碁会がある。雨の中を気ぜわしく駆けつけ、家の前までくると、もう石音がしている。そんな光景が浮かびます。霽月は子規と同じ伊予松山の生まれで一高の後輩。郷里で銀行頭取をつとめた俳人です。もう一句。

春雨《はるさめ》や今日《けふ》も隣りは囲碁《ゐご》のおと

『子規全集・俳句会稿』にあり、明治二十七年春、内藤鳴雪《めいせつ》（やはり子規の門人）宅での句会の一句で、吟者不明となっていますが、子規の作の可能性大と考えます。子規の周囲には多くの碁好きが揃っていました。もちろん子規本人も。

◎春雨に碁盤を笠に隣迄　　江戸川柳・文政期

落語の「笠碁」をもっと極端にしたおもむき。重かったはずですが、碁をうちたいという願望が強かったのでしょう。しかし碁石はどうして運んだのかな。

24　春の句

春雨《はるさめ》に来て碁を崩す友もがな

市石味両《みりよう》

春の雨の物語

春の雨（春雨《はるさめ》）は桜と並ぶ春の句の人気テーマ。そこで似た句を集めて一つの物語をつくってみました。

まず冒頭の「春雨に」。「もがな」がポイントですね。名詞や形容詞の連用形について願望を表すことば。「……が（で）あるといいなあ」です。自分はひとり淋しく碁を並べている。春雨の中、友人がやってきてその碁を崩してほしいもんだ。崩してどうするかというと、二人で打ち始めるのでしょう。碁好きの心理を巧みにとらえた佳句と思います。作者の市石味両は十七世紀後半から十八世紀初めにかけての若狭小浜の俳人。江左尚白《えさしょうはく》を中心とする近江蕉門の一員でした。碁好きの願いはすぐかないます。それが次の句。

あんのでう碁うちに来《きた》り春の雨

「春雨に」を知ってつくったような句ですね。「あんのでう」（案の定）は歴史的かなづかいで正しく書けば「あんのぢやう」ですが、この程度は許容範囲でしょう。願いのとおり、碁がたきがきてくれた。よろこびが素直に表現されています。作者の琴《きん》嘯《しょう》は味両のすぐあとの俳人です。碁がたきとどうなったかは次の句で。

碁一番二日になりぬ春の雨

徹夜になっちゃった。これも碁好きの定石のようなものです。作者は味両と親しかった江左尚白。「春雨に」と同じ句集にあるので、冒頭の句を受けたのでしょう。

◎春雨やぽっかりと来し碁の相手　竹田塊翁《かいおう》

「ぽっかり」の使い方が斬新でユーモラス。突然現れた碁の相手に、うれしさがにじみます。塊翁は江戸後期の名古屋の俳人。

25　春の句

春風や碁盤の上の置手紙

井上井月《せいげつ》

漂泊の俳人・井月

漂泊の俳人として真っ先に浮かぶのは芭蕉とともに井上井月（一八二二―一八八七）です。井月の前半生については不明。越後の長岡藩士だったといわれますが、三十代半ばですべてを捨てて、信州の伊那谷を訪れ、上伊那（現在の伊那市や駒ケ根市）で最期まで過ごします。

金も家もなく、それでいて大の酒好き。飲んではすぐ泥酔して寝小便をたれ、体中シラミだらけの井月を、一部の人は乞食井月と呼んだとか。しかし周囲に愛され、俳諧の手ほどきをしたり、句を揮毫したりの見返りとして酒食や宿の提供を受け、わずかに糊口をしのぐのです。

「春風や」（おそき日やと表記されたものもある）は、置き手紙を誰が書いたかで解釈が変わります。井月が訪ねたものの会えず、その家の主人の手紙が残されていたと解釈することも可能ですが、その逆でしょう。おそらく前夜、碁を打ち、一宿一飯の提供を受けた。翌朝、のどかな春風の中、主人に暇乞《いとま》いもせず、碁盤の上に手紙を残して飄然と去っていく図です。手紙は「昨夜はお世話になり申し候」と書かれたかも。恬淡かつ超俗的な井月の生き方がうかがえる句だと思います。

忘れられ埋もれていた井月の句を世に出したのは駒ケ根出身の医師で芥川龍之介の主治医だった下島勲（俳号は空谷）。芥川の勧めで『井月の句集』を上梓し、のちの種田山頭火らに影響を与えます。下島勲は日本棋院中部総本部の下島陽平七段の遠い縁者です。

◎碁の会の文も廻《めぐ》るや春の雨　　晴月

碁会を知らせる手紙が廻ってきた。ただそれだけですが、春の雨で結んで、無聊を慰められたうれしさが伝わります。晴月は江戸後期の俳人。

26　春の句

炉《ろ》ふたいで棊《ご》といふ病《やまひ》うつりけり

高井几董《きとう》

風流才子の病

高井几董（一七四一―一七八九）は京都の人で与謝蕪村の高弟。趣味の多彩な風流才子だったようです。「炉」は囲炉裏ではなく、茶の湯で使う地炉《ぢろ》でしょう。「ふたいで」は京なまりかもしれません。普通は「ふさいで」と書きます。炉塞《ふさ》ぎは茶人の重要な行事で、冬に使っていた地炉を陰暦三月の終わり（現在は四月終わり）に塞ぎ、風炉《ふろ》を用い始めること。炉開きは陰暦十月の初めです。

春が終わろうとするころ、炉を塞いでからは茶の湯もとんとごぶさた。その代わりに病気が移ったように碁ばかり打っているというのです。趣味人らしい句ですね。几董のほかの趣味は酒と女。碁が一番よろしいようで。「棊」はゴと読みます。几董は多くの碁の句を残しましたが、棊は珍しい。もう一つ、炉の句を。

百棋譜《ひゃくきふ》の十抜き書きや炉の名残《なごり》

「百棋譜」でピンときました。本因坊秀策の遺譜百局を集めた『敲玉余韻《こうぎょくよいん》』（明治三十三年、石谷広策の編）でしょう。これが世に出て秀策の評価が高まり、碁聖と称されるようになったといいます。冬の間、炉のそばで百の中から気に入った十局を書き写したのですね。下五がぴったり収まった佳句と思います。こちらの炉は囲炉裏がふさわしい。

作者の辻一楽は明治の俳人。『敲玉余韻』を手に取るほどの人なので、もっと碁の句があるはずですが、調べきれません。ご存じの方はご一報をお願いします。

◎炉をふさぐ比《ころ》は碁盤に振替《ふりかえ》て　北村和汐

高井几董の「炉ふたいで」とそっくり。和汐は几董と同時代に京で活躍した俳人なので、交流があったのかもしれません。

用語解説（春・夏）

セキ　41頁　どちらの石からも手出し（着手）できない形、白黒どちらの石の数にも影響されないが、その外壁の石とも関わる。

地　44頁　碁は最終的に囲んで得た領域（地）の多寡で勝負を争う。戦果のアゲハマは相手の地へ埋める。一〇，二〇など数えやすく盤上に分割する。

棋譜　61頁　碁譜ともいう。碁の経過を数字で表示したもの。現代では、碁罫紙という碁盤に見立てた紙に二色で書く。

隅　70頁　碁でいう隅は地になりやすいところ。ふつう初めの数手は互いに隅から打ち始める。

劫　71頁　コウとは一つの石を交互に取り合うこと。相手に取られたら、すぐには取り返せず、いったん他に打ち（これをコウダテという）相手がそれに応ずれば、取り返すことができる。

攻め合い　71頁　隣接した白・黒の一団の石がともにまだ生きていないので、互いに相手の石を取って（アゲハマ）生きようとすること（広辞苑）碁の最も激しい戦い。

碁笥　73頁　ゴケ。碁石を入れる容器。碁器ともいう。材料は桑、ケヤキ、栗など。碁笥のふたは取った相手の石を入れるのに使う。（一九九頁参照）

夏の句

27　夏の句

鶯《うぐいす》に奪はれにけり碁の思案

芳《ほう》桂《けい》

ウグイスに聞き惚れて

ウグイスは春の季語。とくに早春に詠まれることが多いのですが、笹鳴きといってさえずり方がうまくない。その点、初夏の老鶯《ろうおう》（晩鶯とも、春過ぎて鳴くウグイス）のほうが声は美しく、よく響く。この句はそんなウグイスに聞き惚れているうちに、盤上がおろそかになった図でしょう。平明単純な句ですね。しかしその分、想像力が働きます。碁がたきを呼んだか呼ばれたか、風薫る中、障子を開けて対局した。すると庭に一羽のウグイスがやってきて、盛んにホーホケキョとさえずる。現代の都会では考えられないとしても、初夏の情景を過不足なく表現していると思います。作者の芳桂は幕末の俳人ですが、姓やくわしい事績は不明です。

ウグイスに聞き惚れるのは対局者だけではありません。

鶯に助言止《じょごんやめ》けり囲碁の友

江戸時代、「助言」はジョゴンと読みました。碁の助言ほど迷惑なものはなく、いさかいの原因にもなります。「うるさい、黙っていろ」といってもおかまいなし。助言するほうからすると、どうしても口に出さずにはいられないのでしょう。そんな助言者もホーホケキョに聞き惚れ、黙ってしまう。ウグイスの威力は絶大です。十七世紀末の俳諧集にある句ですが、作者は凍水《とうすい》とだけしか分かりません。その俳諧集には松尾芭蕉の高弟、服部嵐雪の名も見えるので、凍水は嵐雪や芭蕉につらなる俳人と思われます。

◎鶯や棋譜の通りに石を布く　田土英

ウグイスを聞きながら棋譜通りに石を布く。のどかな光景ですが、棋譜並べに熱心さは感じられず、ウグイスの方に主力があるのかもしれません。田土英は大正・昭和の俳人。

28　夏の句

下手《へた》も云《い》ふ一棋《いっき》の品《ひん》や更衣《ころもがへ》

真《ま》下《しも》飛《ひ》泉《せん》

へたにも品がある

ころもがえ（更衣が一般的だが衣更えと表記することも）の季節です。現代の春から夏へのころもがえは五月一日ですが、旧暦の江戸時代は四月一日。それまでの綿入れから薄衣《うすぎぬ》（袷《あわせ》）にかえることですね。

ところで「一棋の品」とは何か。碁は技量の高い者が盤上盤外の品がいいとは限りません。へただって品格にすぐれ、季節の変わり目にはきちんところもがえをするように立居振舞の立派な者もいる。この句はそれをへたがじょうずに向かって言い聞かせると同時に、へたなりに一人前のことを言うよとの気持ちもありそうです。作者の真下飛泉（一八七八―一九二六）は京都の人。小学校の校長を経て市会議員になった詩人ですが、日露戦争時の自分の体験を綴った軍歌『戦友』（ここはお国を何百里……）

の作者として知られます。次はころもがえ直後の句。

袷《あわせ》着てさし向ひけり碁の上手《じょうず》

袷は裏地のついた着物。江戸時代には旧暦の四月一日から五月初めまで着用されました。「上手」は名人上手のじょうずではなく、へたと対になることば。袷をきちんと着こなして盤に向かう。この二人のじょうずは品格も申し分なしだったのでしょう。作者の夏目成美（一七四九―一八一六）は九〇頁で「紫陽花や赤みさすまで碁の手合」を紹介します。大の碁好きで碁の句を多く残しました。これからも取り上げる機会がありそうです。

◎碁に向ふ畳ざはりや夏羽織　楽二

ころもがえをして碁盤に向かう気持ちを詠んだ秀句。畳ざはりの表現が新鮮です。楽二は江戸後期の俳人としか分かりません。

29　夏の句

負《まけ》にして碁を止《やめ》て聞く子規《ほととぎす》

鈴木牧之《ぼくし》

ホトトギスは負け碁の象徴？

俳諧にしても和歌にしても、とびきり愛され、多く詠み込まれたのがホトトギスです。子規、時鳥、杜鵑、杜宇、蜀魂、郭公、沓子鳥、不如帰、夕影鳥、夜直鳥、みんなホトトギスを指し、夏の季語になっています。碁の句にもしばしばホトトギスが登場しますが、なぜか負け碁ばかり。これは素頓狂な鳴き声と関係しているのでしょう。「キョッキョキョキョ」という鳴き声を私たちの祖先は「テッペンカケタカ」（天辺駆けたか）とか新しくは「特許許可局」とユーモラスに表現してきました。そこで冒頭の句。負け碁をやめてテッペンカケタカを聞いた。ホトトギスにもからかわれているようですね。

作者の鈴木牧之（一七七〇―一八四二）は越後塩沢の縮《ちぢみ》仲買商、随筆家。山東京伝

や十返舎一九ら江戸文人と交遊があり、雪国の風俗をいきいきと描いた『北越雪譜』で知られます。書画のほかに俳諧をよくし、秋月庵の名で多くの句を残しました。もう一つホトトギスを。

時鳥《ほととぎす》囲碁に負《まけ》たる帰り道

句兄弟といっていいほどそっくりです。碁に負けて帰り道をとぼとぼ歩いていると、ばかにしたようなホトトギスの声。こればかりは文句のつけようがありません。勝ち碁でホトトギスが詠まれた例は皆無と断定しておきましょう。作者の自笑《じしょう》(一升とも)は鈴木牧之の少し前、与謝蕪村に影響を受けた俳人ですが、くわしいことは分かりません。

◎子規《ほととぎす》碁の争いに聞かぬ也　紀漣

ホトトギスは負け碁の象徴ですからね。聞かないほうがいい。あるいは盤上に熱中して聞こえなかったか。紀漣は江戸後期の俳人。

30　夏の句

下手《へた》の碁の四隅《よすみ》かためる日永《ひなが》哉

正岡子規

子規先生の棋力は？

碁の句を三十以上も残した正岡子規がかなりの碁好きだったことは間違いないでしょう。まあ碁狂の部類ですね。で、棋力はどうだったのか。子規自身のエッセーや周囲の人が書いたものを読むと、おそろしく弱かったらしい。それを証明するのがこの句です。

お互いにせっせと隅を固め合っているのか、一方が念入りに何手も費やして隅ばかり固め、もう一方が四隅取られて碁を打つなの格言を知らずに悠然としているのか、よく分かりませんが、どちらにしても、のどかでほほえましい感じがします。子規の碁相手は新聞「日本」社長の陸羯南《くがかつなん》と想像すると面白い。子規は「日本」の文藝欄担当社員でした。平均的棋力の人に星目置いて百目以上負け、観戦のときは、うるさいくらいに口を出し、顰蹙《ひんしゅく》を買うのが常だったのが大ジャーナリストの陸羯南。子規先生は陸羯南といい勝負だったのだから棋力の見当がつきます。「日永」は晩春から初夏にかけての季語。関東の五月にぴったりです。「日永」なら夜は当然短くなります。次も子規の句。

短夜《みじかよ》は碁盤の足に白《しら》みけり

陸羯南と徹夜で打っていたのかもしれません。気がつくと、碁盤の足に朝日が当たった。もう夜が明けたのかという軽い驚きをうまく表現しています。「下手の碁の」は病気が進行中の明治二十九年、「短夜」はまだ元気だった二十六年の作です。

◎劫に負けてせめあひになる夜長哉　　**正岡子規**

盤上の表現が具体的です。コウに勝ってしまえば大勝だったのに、負けて厄介な攻め合いになったというのでしょう。

31　夏の句

山寺は碁の秋里は麦の秋

小林一茶《いっさ》

碁に対する冷ややかな目

五七五ではなく、変則的な九八の上下で構成されています。秋が二度使われるのも異例。「碁の秋」は稲の刈入れが終わった秋の農閑期に人々が山寺に集まって碁に興ずる図でしょう。「麦の秋」（麦秋《ばくしゅう》）は初夏の季語で、麦を刈取って田植に移る一番の農繁期。里は忙しくテンテコ舞いなのに、一部の閑人は秋のように寺で碁を楽しんでいるよ。小林一茶（一七六三―一八二八）の碁に対する冷たい視線を感じます。

実際の一茶は「耕さずして喰らひ、織らずして着る体《てい》たらく。今迄罰《ばち》のあたらぬも不思議議也」と書いたように、額に汗して働くことはなく、一種の高等遊民でした。そんな生き方を恥じていたのですね。晩年の句ですが、若いときの「もたいなや昼寝して聞く田植歌」と相通ずるものがあります。

檀家制の整った江戸時代、寺は地域の中心であり、集会所や碁会所を兼ねていました。桜の季節は過ぎましたが、寺と碁の関係を示す句を。

碁笥かくす寺は自慢の櫻かな

和尚さん、碁笥を隠しちゃった。いぢわるではありません。桜が満開の今日くらいは、碁盤から庭に目を転じて心やすらかに楽しんではいかがかなというのです。和尚さんと檀家衆の交流がうかがえる、あたたかい句だと思います。元禄四年（一六九一）刊の『卯辰集《うたつ》』にある春幾《しゅんき》の句。春幾は北陸の人で、松尾芭蕉の影響を受けたといわれます。

◎山寺に碁盤がありて泊まりけり　江戸川柳・文化期

うれしいことに山寺に碁盤があった。とすると碁敵と徹夜で打つのでしょうか。寺と碁の関係から、当時の風俗を知ることができます。

32　夏の句

日一日《ひいちにち》碁を打つ音や今年竹《ことしだけ》

正岡子規

正岡子規の最晩年

明治三十四年、新聞「日本」に掲載された句です。このころの子規は病気が進んで外出はおろか、部屋から部屋への移動もままならなくなります。そんな状況にあっても創作意欲は衰えず、碁にも関心を持ち続けます。

「日一日」は一日中と、一日一日物事が進むさまと両方の意味があります。「今年竹」はことし生え出た若竹。いまの季節、大変な勢いで成長する。日一日が碁を打つと今年竹の両方にかかると分かれば、解釈はきわめて易しい。一日一日伸びていく若竹のもと、一日中碁の音が聞こえるよ。しかし自分には先がない。子規の気持ちを察すると切なくなります。碁の音がしたのは子規庵のすぐとなりの陸羯南《くがかつなん》（新聞『日本』社長）の家でしょう。陸については七〇頁にも書きました。へぼ碁ながら助言するのが大好きな人でした。もう一句、子規の竹と碁関連を。

修竹千竿《しゅうちくせんかん》灯《ひ》漏《も》れて碁の音涼し

明治三十五年、最後の著書となった『仰臥漫録《ぎょうがまんろく》』の所収句。「垂釣《すいちょう》雑詠」とあり、少年時代の鮎つりの思い出を詠んだのでしょう。修（脩）竹は長い竹。竿はこの場合つりざお。長い竹をつりざおにして、暗いうちから多くのつり人が出ている。そこへ川辺の家から明かりが漏れた。聞こえてくる碁の音のなんとも涼しげなことよ。郷里松山の石手川と重信川は鮎つりの名所でした。これを詠んだ年の九月十九日、子規は三十六年の生涯を終えます。

◎碁盤あり琴あり窓の竹の春　正岡子規

明治二十七年、子規二十八歳の作。このころから子規は俳句革新運動に乗り出し、多くの句をものにします。碁盤、琴、竹。好きな三つを持ってきて欲張っていますね。

33　夏の句

碁石の赤きを得《う》べく薫風霊池《くんぷうれいち》あり　河東　碧梧桐

赤い碁石とは？

いい季節になりました。そこで初夏にふさわしい句を紹介しましょう。冒頭の句ですが、いささか難解です。五七五の崩れは碧梧桐なら珍しくないとしても、「碁石の赤き」とは何ぞや。碁石は昔から黒と白に決まっているではないか。ない知恵を絞ると、赤心が浮かびました。うそいつわりのない心、まごころですね。碁石を赤く染めるようなまごころで打ちたい。おりしもここは風薫り、霊験あらたかな池もあるというのでしょう。

明治三十年、二十五歳の作。この年の夏、碧梧桐は東北を旅行しました。「霊池」からお寺か神社で詠んだ句と推測できます。神仏の前でうそいつわりがあってはバチが当たります。次も碧梧桐。

葛水《くずみず》に碁も折々の話頭《わとう》かな

「葛水」は葛湯を冷やした夏の飲みもの。「話頭」は話題と同じ。葛水を飲みながらの碁の話題とはどんな内容だったのでしょうか。明治四十一年の作なので、この年に二十一世本因坊秀哉となった田村保寿のことかもしれません。「えらく力の強い碁打ちらしいね」とか「前の本因坊秀栄名人とどちらが上かな」と。あるいは亡くなって五年になる正岡子規の思い出か。「子規先生はかなりのヘボだったけれど、碁好きの点では天下一だな」「そうそう、訪ねて行くと、いつも紙の碁盤に土の碁石を並べておられた」とか。想像すると楽しくなります。

◎松風の中に碁をうつ四月かな　橘中

四月は旧暦の初夏。気持ちよさそうですね。橘中は江戸後期の俳人ですが、くわしいことは分かりません。碁の別名の「橘中の楽」を号にするなんて、かなりの碁好きでしょう。

34　夏の句

賭《かけ》にして碁に取られたる牡丹《ぼたん》哉

汝《じょ》南《なん》

賭けの対象は花

初夏を象徴する花といえばシャクヤク（芍薬）とともにボタン（牡丹）。どちらも観賞用として古くから愛されました。しかしこの句はボタンの美しさを詠むのではなく、賭け碁の対象になったところに特色があります。

江戸時代の文人も賭け碁を打ちましたが、おカネをかけるような下品なことはしません。多くは紙や墨などの文房具、そして花です。花の代表が秋の菊。「賭碁に菊を根からぬかるゝ」という短句が知られています。そして初夏の牡丹。この句は賭け碁に負けた悔しさをあからさまには表現していないものの、「碁に取られたる」に作者のほろ苦い気持ちがうかがえます。

汝南は十八世紀後半から十九世紀初めにかけての江戸の俳人。前に紹介した夏目成美や巒寥《みねりょうしょう》松らと交流がありました。牡丹をもう一句。

ぼうたんや棊《ご》の勝敗のあまり長《な》ガ

「ぼうたん」はボタンの長音化。作者は観戦していただけかもしれません。碁があまりにも長いので庭の牡丹もあきれているよと詠んだのでしょう。最後の「長ガ」のガは本来不要ですが、間違って読まれないようカタカナで送りをつけたのです。江戸時代の雑俳などでよく用いられた手法でした。作者は夏目漱石門下の松根東洋城。碁に対して醒めた目を持っていたようです。

◎碁のかけにかきつばたとはしわひやつ　江戸川柳・明和期

「しわひ」は、けち・しみったれを意味する「しわい」の誤用。かきつばた（アヤメ科の多年草）をかけの対象とするのはしわいではなく、上品と思いたいですね。

35　夏の句

碁をうちに和尚見えけり枇杷《びわ》持参

赤木格堂《かくどう》

はずむ気持ちで

口調のいい句ですね。下五を漢字にして、「ん」で締めたからでしょう。口調のよさが和尚さんのはずむような気持ちをうまく表現しています。訪問される側ももちろん大歓迎。和尚さんとのあたたかい交流がうかがえます。持参したのがビワというのも納得。生長が早く、すぐ巨木になるビワの木は寺社に多い。和尚さん、そのビワの実を無造作にもいで、葉がついたまま風呂敷に包んで手みやげとしたのでしょう。

作者の赤木格堂（一八七九―一九四八）は正岡子規の晩年の弟子。子規の没後は俳壇から離れ、「山陽新報」の主筆をつとめてジャーナリストとして活躍したあと、衆議院議員となった変わった経歴の持ち主です。子規が身近な果物を詠んだ句を多くつくってから、弟子たちは見習うようになりました。次はたびたびとりあげる河東碧梧桐のビワ。

棋《ご》数局吾《われ》好む枇杷出されけり

碁がたきに呼ばれて何局か打ったらビワを出されたのでしょう。一一二頁に碧梧桐の「対局に蚊遣置き去る女かな」を紹介して、あまり歓迎されていないようだと書きましたが、その逆ですね。碁がたきの奥さんのちょっとした心づかいを感じさせます。ビワは不思議な果物ですね。柿だと子規の「淋しげに柿くふは碁を知らざらん」のように淋しさが前面に出るけれど、ビワはあたたかさがまず浮かぶ。秋と初夏の違いかもしれません。

◎さびしさの秋を和尚の碁に忘れ　　杜考

和尚の碁の相手が作者か第三者か分かりませんが、さびしさを忘れるくらいだから和尚は相当強いと思われます。杜考は江戸中期の俳人。

36　夏の句

風ふけば紙の碁盤やはぬけ鳥

越《お》智《ち》越《えつ》人《じん》

紙の碁盤

前書に「老妻紙に画《えが》きて棋局を作る」とあります。これは唐の詩人、杜甫の「江村」の有名な一節「老妻画紙為棊局」（老妻紙に画きて棊局を為《つく》る）とほぼ同じ。杜甫を踏まえて紙の碁盤を説明したのでしょう。「はぬけ鳥」は羽脱け鳥。冬の羽毛がぬけ落ち、夏毛に変わった鳥。紙の碁盤は風が吹けば羽脱け鳥のように大空を舞う――単純な句ですが、まったく異質の碁盤と鳥をもってきて、同列のものとする意表には感心させられます。作者の越智越人（一六五六―没年不詳）は越後の生まれ。名古屋に出て、染物業を営みながら松尾芭蕉の弟子になり、蕉門十哲の一人に数えられます。

問題は紙の碁盤ですね。江戸時代、足つきの碁盤のほかに、炬燵《こたつ》で使うのに適した足なし碁盤、それに紙の碁盤がありました。数年前、話題になった映画『武士の家計簿』にも紙の碁盤が登場します。もう一つ、布の碁盤もあったと想像しますが、俳諧の題材としては未見です。

遊戯色の濃い俳諧の総称でのちに川柳と呼ばれるようになる雑俳にこんな句があります。

山寺へ懐中《くわいちゅう》したる紙碁盤

元禄期に詠まれた句です。「懐中」はふところの中に入れること。紙碁盤持参で山寺へ行き、和尚さんと打ったのでしょうが、碁石はどうしたのかな。寺に碁石だけあって碁盤がないとは思えないので、おそらく碁石も持参したはずです。

◎草庵の文庫から出す紙碁盤　江戸川柳・元禄期

文庫とは書籍などを入れる手箱や手文庫でしょう。そこから出すとしたら、足つきの碁盤ではなく紙碁盤がぴったりです。紙碁盤はかなり多かったと思われます。

37　夏の句

せいもくは先《さき》へ並べて配《くば》り苗《なへ》

水谷和石

田植の光景

田植のシーズンです。田植はわが農村の一大風物詩ですが、機械化が進んで様相が一変しました。かつては田植笠と手甲脚絆姿の早乙女《さおとめ》が田植歌をうたいながら苗を植えたものです。

この句はそんな古きよき時代の田植光景です。昔の田植をご存じの方は納得できるでしょう。苗代《なわしろ》で育てた稲の苗を、前もって束にしておき、畦道《あぜみち》から田に投げ入れるか、田植舟で運ぶ。それを「配り苗」と称したのです。作者は水田を碁盤に見立て、配り苗のきちんと置かれた様子を「せいもく」（星目、聖目、井目など）の置碁と表現したのですね。配り苗がすんだら一斉に田植が始まります。農村風景をみごとに詠んだ佳句と思います。作者の水谷和石は十七世紀後半の人。ほとんど無名ながら、地方にはこんなすぐれた俳人がいくらでもいました。田植と碁関連をもう一句。

碁経にもない手也けり田植笠

早乙女たちの田植笠から盤上の石を連想した。碁経（碁の本）にある定石や布石の図と似ていますが、ちと違う。はてなと首をかしげたのでしょう。碁好きでなければこんな句は詠めません。十八世紀前半、秋田で上梓された俳諧集『太平山採花』にある句で、作者は寒湖とだけ分かっています。やはり無名の俳人でしょう。秋田は松尾芭蕉が『奥の細道』の旅で訪れて以降、俳諧の盛んな土地柄。その伝統は現代にも受けつがれています。

◎田は碁盤中手《なかて》奥手《おくて》に作る稲　　江戸川柳・天保期

中手とは早稲《わせ》と晩稲《おくて》の中間期に熟する稲（広辞苑）。囲碁用語のナカデにもかけているのがポイントです。

38　夏の句

下手《へた》独《ひと》りあとに結《けち》さす田植かな

太田巴静《はじょう》

けち（結）とは何か

「結」がポイントです。「けちさす（差す）」が文芸作品に登場して有名になったのは『源氏物語』の空蝉《うつせみ》の巻でしょう。空蝉と義理の娘の軒端荻《のきばのおぎ》の対局場面をどうぞ。句読点などは勝手につけておきました。

「碁打はてて、けちさすわたり、心と（疾）げに見えて、きはぎはしうそう（騒）どけば、奥の人はいと静かにのど（和）めて、〝待ち給へや。そこはぢ（持＝セキのこと）にこそあらめ。このわたりのこう（劫）をこそ〟などいへど……」

傍点で示した囲碁用語がふんだんにつかわれる名場面です。けちの解釈ですが、ほとんどの国文学者や研究者は「欠（正字は闕）」を当て、終局に際してダメをつめて整地することとしています。しかし終局のダメつめのあとにコウが出てくるのは明らかにおかしい。碁を知らないから誤った解釈がまかりとおる。

その点、江戸俳人のほうが正確できちんと「結」を当てている。意味はヨセ。「結さす（差す）」はヨセを打つです。作者にとって『源氏』は常識だったのでしょう。田植は共同作業ですが、へたがひとりまじっていた。植えるべきところに植えず、不ぞろいだったのですね。そこであとからヨセを打つように植えなおしたのです。田植を碁の言葉をつかってみごとに詠んだ、生活に即した佳句だと思います。作者の太田巴静（一六八一―一七四四）は各務《かがみ》支考門下で、十八世紀前半に一大勢力を築いた尾張美濃派の中心人物です。

◎碁盤田へ白く目を持《もっ》田植笠　江戸川柳・天保期

碁盤のような田に、田植笠がせわしなく動く。それを白く目を持つ、と囲碁用語を使って表現したのでしょう。うまい川柳です。

39　夏の句

短夜《みじかよ》をまた逢《あふ》までや碁一番　河合乙州《おとくに》

短夜は碁に限る

「短夜」はいまの季節を代表する季語です。晩秋や初冬なら短日《みじかび》ですね。夏の短い夜をどう過ごすか。親しい友と逢ったのだから寝るにはもったいない。碁好きなら碁が一番です。「碁一番」は一局との意味ですが、言外に碁が一番いいと匂わせているようでもあります。一局が終わるころには夜が明ける。そこで再会を楽しみに別れるのでしょう。

河合乙州（一六五七—一七二〇）は近江大津の商人。金沢滞在中の松尾芭蕉に出逢って傾倒し、門下兼後援者になります。最晩年の芭蕉を看病し、死を看取ったのは乙州。芭蕉の遺稿『笈《おい》の小文《こぶみ》』（俳諧紀行）を編集出版したのも乙州です。碁一番がお気に入りだったらしく、「戦ひの身が夏の夜の碁一番」という句もあります。

次も短夜の秀句。

短夜の碁は打分《うちわけ》の名残《なごり》かな

何番打っても決着せず、夜が明けた。なごり惜しいけれど、打ち分けということにしてお開きにする。名残は碁と同時に短夜にもかかっているのでしょう。

作者の喜重は乙州と同時代のひとですが、くわしいことは分かりません。金沢の俳人小杉一笑《いっしょう》の追善句集『西の雲』にある句なので、一笑と関係の深い俳人と思われます。なお芭蕉の有名な「塚も動けわが泣く声は秋の風」は『奥の細道』とともに『西の雲』にも収められています。逢うことのなかった一笑への芭蕉の痛切な悲しみが伝わってきます。

◎ながき日や烟草《たばこ》嫌ひの碁はうたず　　辻　正義

江戸時代のタバコはキセルを使います。タバコ嫌いにとって、目の前でプカプカやられてはかなわない。碁も遠慮するというわけです。正義は江戸前中期の俳人。

40　夏の句

紫陽花《あじさい》や赤みさすまで碁の手合

夏目成美《せいび》

紫陽花と五月雨

梅雨の季節。万物の生長をうながす恵みの雨ととらえるか、うっとうしいと感ずるかで句もそれぞれですが、碁の句となると不思議に一致して、碁好きの生態や心理を詠むものがほとんどです。

雨にいきいきするといえばアジサイでしょう。ところでアジサイは咲き始めから盛りまでは青色でも、やがて赤紫に変わることから七変化《しちへんげ》の別名がある。作者はそこをうまくとらえました。アジサイの色が変わるまで、つまり何日間も碁を打っているよ、まったく碁好きはどうしようもないもんだ。仙人の碁を見ているうちに斧の柄を腐らせたきこりの爛柯伝説を思わせます。

夏目成美（一七四九―一八一六）は江戸浅草の札差。俳諧は特定の一派に属さず、大家の評価を得ました。小林一茶の庇護者としても知られます。もう一つ、梅雨時の句を。

五月雨《さみだれ》に黴《かび》ぬは碁盤ばかり也

五月雨（さつき雨と読む場合も）は旧暦五月の雨。梅雨ですね。ちょっと大げさですが、あらゆるものがカビる、うっとうしい中で、碁盤（碁石も含まれるでしょう）だけが何ごともない。毎日のように打っているからこうなる。これも碁好きを巧みにからかっています。「紫陽花や」と相通ずる句ですね。

作者の亭笑は成美の約百年前の河内の俳人。井原西鶴と交遊のあったことが知られますが、俳号と数句以外は何も分かりません。

◎さつき雨碁に前九年後三年　小倉稲後

前九年の役と後三年の役は、平安後期の奥州の支配権をめぐる中央と地方の戦乱。五月雨の中の碁も、ずうっと戦ってばかり。稲後は江戸中期の甲府の俳人です。

41　夏の句

碁丁々《たうたう》荒壁落つる五月雨《さつきあめ》

正岡子規

若き日の子規

正岡子規（一八六七―一九〇二）二十五歳の作。このころの子規は微妙な時期に差しかかっていたようです。二年前に喀血していのちの長くないことを知る一方で、親友夏目漱石の激励にもかかわらず大学はさぼりがち。俳諧の革新を中心とする文芸活動に一生を捧げる決意を固めたころと思われます。

「碁丁々」は碁の句を三十以上残した子規の記念すべき第一作です。丁々（現代かなづかいではトウトウ）はもともと古代中国で斧《おの》で木を伐る音の形容につかわれましたが、唐代には碁を打つ音のオノマトペ（擬音語）にもなりました。漢籍にくわしい子規はそれを知って、五七五に採用したのです。子規の革新性がうかがえますね。

「碁の音や」とするのでは月並調です。「荒壁」は粗壁とも書き、粗塗《あらぬ》りしただけの壁。

荒壁を伝わって落ちる五月雨（さみだれともさつきあめとも。この場合は下五に収まるよう後者）の音と碁の音の調和は、碁の句に新境地を開いたといっていいでしょう。もう一句、碁と五月雨を。

碁の果《はて》や池の音きく五月雨《さつきあめ》

碁が終わって我に返り、庭の池に落ちる雨音に初めて気がついた。子規の五月雨とはひとあじ違ったおもむきです。十八世紀初め、名古屋の俳人坂倉東鷲《とうしゅう》が編んだ俳諧集『金龍山』にある句ですが、作者の好流《こうりゅう》については俳号と数句以外は何も伝わりません。

◎丁々と棊《ご》を打つ響き宵すぎて　高井几董

丁々がまた出てきました。几董（六〇頁参照）も漢籍に詳しいことでは子規といい勝負。丁々たる碁の響きが夜中まで続いたという意味でしょう。

42　夏の句

碁喧嘩《けんくわ》の和睦《わぼく》おかしや五月雨《さつきあめ》

千　鳥

「笠碁」の世界

梅雨はいつまで続くのでしょう。早く明けてほしいとの願いをこめて前週に続いて五月雨をとりあげます。

「碁喧嘩」はおおかた待った待たぬのいさかいでしょう。あるいはどちらが白を持つかの争いか。あんなやつとはもう金輪際打つものかと思う。しかし雨続きで外に出るのもおっくうとなると、憎き碁がたきと仲直りするしかないわけです。そんな様子がおかしいというのですね。

この句から二つのことが浮かびます。一つは雑俳（明治以降に江戸川柳とか古川柳と呼ばれるようになる）の傑作「碁敵は憎さもにくしなつかしさ」です。これほど人口に膾炙された江戸川柳も珍しいでしょう。もう一つは落語の「笠碁」です。雨の中を行ったりきたりしながら、碁がたきと和睦しようかしまいかと迷う姿が面白おかしく語られます。作者の千鳥は十七世紀後半から十八世紀初めにかけての俳人ですが、くわしいことは不明です。江戸川柳が出たついでにもう一つその傑作を。

五月雨《さみだれ》や紺屋《こうや》に碁石ならす音

「紺屋」はコウヤと読みます。藍染めを業とする者ですが、一般に染物屋をいいます。江戸では神田川沿いに多かったとか。紺屋は染めた糸や生地を干すのが重要な作業。ところが雨続きだと仕事にならず、碁でもやって暇をつぶすしかないわけです。十八世紀半ばの雑俳ながら、俳諧といってもいいくらい上品に仕上がっています。

◎碁の音に隣は眠し五月雨　烏白《うはく》

碁の音と五月雨が眠気を誘うのかもしれません。あるいは碁に全く無関心だったのか。烏は黒。碁好きと思わせる俳号です。句集『いびきの図』(一七四七)より。

43　夏の句

もう棋士のやうな指先夏帽子

矢野玲《れい》奈《な》

期待の若手女流俳人

「現代俳句はとりあげないのですか」と質問されてこまりました。できるだけ紹介したいのですが、碁を詠んだ句が江戸や明治時代に比べて極端に少ないのです。ちょっと淋しいですね。しかし碁を詠む貴重な俳人を発見しました。うれしいことに若い女性です。東大出の才媛、矢野玲奈さんがその人です。

矢野さんは銀行員のかたわら、句誌『玉藻』『天為』の同人として作句活動に励み、最近では新聞やテレビでとりあげられる機会もふえた期待の女流俳人。ここに紹介するのはつい先日、朝日新聞に掲載された十五句のうちの二句です。冒頭の「もう棋士の」はみづみづしい感性にあふれる、すてきな句だと思います。碁は初心者といいますが、石を持って打つ手つきは一人前。夏の帽子をかぶったり、直したりするしぐさにも自然にそれが現れるのでしょう。ちょっぴり誇らしい様子がよく出ています。次の句はカラッと仕上がって夏向きです。

碁会所に少年多し鉄線花《てっせんか》

家の近くの碁会所に行ったときの矢野さんの作。おそらく子供教室が開かれていたのでしょう。鉄線花（別名クレマチス）は碁会所内で鉢植えされたものではなく、道すがら見かけたとのこと。碁会所と花のコラボレーションが好ましく思えてくるから不思議です。矢野さんにはこれからもどんどん碁の句をつくるようお願いしたいですね。

◎銭ついで残り壱文碁の手つき　江戸川柳・明和期

「ついで」は「継いで」あるいは「接いで」。銭を数えて最後の一文は、人差し指を下に中指を上に碁石をつまんで打つときの動作になる。「棋士のような指先」と同じです。

44　夏の句

西日濃しここ一局の決めどころ

石《いし》毛《げ》三《さん》喜《き》

棋士ならでは

かつて日本棋院には「たちばな句会」なる集まりがありました。初めは俳人であり棋士でもあった鹿間松濤楼の指導を受け、松濤楼没後は前田陳爾、中村勇太郎、石毛嘉久夫らの棋士を中心に運営されました。

たちばな句会のエース的存在が石毛嘉久夫（俳号は三喜、一九二五―二〇〇三、追贈九段）でした。冒頭の「西日濃し」は棋士ならではの佳句と思います。いまの日本棋院はビルに囲まれ、西日を見るのは不可能。とすると昭和四十六年まであった高輪の日本棋院でしょう。当時を知る棋士に確かめたところ、二階大広間対局室の廊下から西日はよく見えたとのこと。席をはずしたら、赤々と西に傾く太陽が目に入った。よし、ここで碁を決めてやるぞという力強い決意が「西日濃し」によく現れています。

なお西日は夏の季語。梅雨が明けてすぐの情景と推測します。三喜をもう一句。

一茶忌《いっさき》やわがなりはひは父の余技

「なりはひ」を漢字で書くと生業（現代かなづかいはなりわい）。生業はもちろん碁ですが、それは亡き父の余技だった。弱者に寄り添った句を多くものにして、作者が篤く敬愛した小林一茶の忌日（旧暦の十一月十九日）に、父の思い出がよぎったのでしょう。この句は句誌『萬緑《ばんりょく》』（中村草田男が戦後すぐ創刊し、現在も続く）の巻頭を飾りました。三喜先生の自信作であると同時に生涯を代表する傑作です。

◎一子置くや夕焼既になかりけり　井出八百次郎

井出八百次郎（一九二四生まれ）は専門棋士。「夕焼」も夏の季語ですが、石毛三喜の「西日濃し」と好対照です。二人は日本棋院の句会を通して交流があったのかもしれません。

45　夏の句

昼人なし碁盤に桐の影動く

正岡子規

子規の傑作は謎

正岡子規三十歳の傑作です。病気進行中の子規の世話を焼く母と妹は外出中。子規先生もまどろんでいたのでしょう。その状況を「人なし」と詠んだのです。ふと気がつくと、桐の葉影が縁側近くに持ち出された碁盤の上を移動中。真夏の昼下がりのけだるさとともに寂寥感がよく表現されています。

しかし一つ疑問が残ります。一九〇頁の「真中に碁盤すゑたる毛布かな」では、子規は紙の碁盤と土の石しかもっていなかったと書きました。紙の碁盤では「桐の影動く」にふさわしくないのではないか。やはり足つきの盤ですね。とするとどう考えたらいいのか。三十歳ころまでは重い足つき盤を持っていて、病気の進行とともに処分し、紙碁盤に替えたと推測するのが第一候補。子規が強調した客観写生ではなく、想像だけでつくった主観句だったとするのが第二候補。どちらにしても謎のままです。子規研究家の意見が聞けたらと思います。

碁の音や芙蓉《ふよう》の花に灯《ひ》のうつり

きれいな句です。子規三十二歳の作。「芙蓉」は蓮を指す場合もありますが、ここではアオイ科フヨウ属の総称で、タチアオイやモクフヨウ（木芙蓉）のこと。碁の音がしたのはとなりの陸羯南《くがかつなん》（新聞「日本」社長、子規はその社員）邸でしょう。漏れてくる明かりが夜の芙蓉を浮き立たせる。聴覚と視覚に訴え、さらに花の匂いまで感じさせる欲張った句ですね。

◎涼しさや雲に碁を打つ人二人　正岡子規

明治二十八年作。「雲に碁を打つ」とは雲の下、つまり屋外で碁を楽しんでいるのでしょう。子規は対局者ではなく盤側にいたと思われます。

46　夏の句

一子戛《かつ》と百子ゆるゝに盤涼し

鹿間　松濤楼

カラッと夏向き

久しぶりの松濤楼です。難しい漢字が出てきました。「戛」はふつう戛戛《かつかつ》とか戛然《かつぜん》のように使われ、堅い物が触れて高く鋭い音をたてるさま。この場合は石と盤ですね。くどくど説明するよりも、松濤楼著の『古今百句百局』から引用しましょう。

「勿論《もちろん》榧《かや》の六寸盤、棋子は三分七厘厚、打つ者亦《また》入段の品位である。長考一番、発止と下す棋子の美音同時にその響きは、盤上の棋子悉《ことごと》くに揺れ伝はりて、折からの陽光に涼しく映《うつ》し輝くのであった」

入段の品位とありますが、戦前のアマ初段は現在のアマ六、七段に相当したといいます。要するにしろうとのトップクラスですね。しかし、と思います。棋力がそれほどでなくても、あるいは板盤でも、一子戛は可能ではないか。棋士鹿間松濤楼の眼は厳しすぎるようです。次は松濤楼と交遊のあった倉石空哉《くうさい》の一石。

一石《いっせき》を重んじてとる団扇《うちは》かな

カナメの一子を打ち上げたのでしょう。続いて一子はカランと乾いた音をたてて碁笥のふたに納まる。そのとき、さあどうだといわんばかりにかたわらのうちわを使う様子を想像させます。「暗誦玩味すればする程句格の荘厳重厚なる、恰《あたか》も君子の風貌に接するの趣きを感得せしめられるであらう」と松濤楼激賞の一句です。倉石空哉（名は源造）は明治末から昭和初めにかけての上越俳壇の中心的存在。新潟県高田市の市長もつとめました。

◎笥《け》に落とすはま一目の涼味《りょうみ》哉　広瀬北斗

アゲハマ一つを取り上げ、それを碁笥のふたに入れるとき、カランと乾いた音がする。涼味というのも納得できます。広瀬北斗の句は一六三頁と一七六頁でも紹介します。

47　夏の句

短か夜のねられぬままに碁書をよむ

鯛《たい》中《なか》　新《しん》

碁の打てぬ無念さ

橋本宇太郎九段を支えて関西棋院の創立や運営に功績のあった鯛中新九段（一九一一―一九九二）が亡くなったのは、平成四年八月二十日。読売新聞によると、死の直前に書かれたらしいこの句のメモがベッドに置いてあったといいます。

晩年の鯛中は脳こうそくに倒れて手合を中止せざるを得ず、さらに三十年以上の日課になっていた神戸六甲山麓の早朝ミニ登山（一万回以上）も断念。鬱鬱たる日々をこれも趣味の俳句でまぎらすのみだったとか。こんな背景を考えれば、句がよく理解できます。「短か夜」は初夏に使われるのが普通ですが、作者は八月の夜も短いと感じたのでしょう。あるいは六月のメモがまぎれ込んだのかも。「碁書」はゴショでもキショでもいい。ここでは中七の「ねられぬままに」に無念さが凝縮されています。打ちたかったのですね、真剣勝負ならいうことなし、たとえアマチュア相手の指導碁でも。しかしそれができず悶悶として夜も寝られず、棋書で無聊を慰めるしかなかった。老棋士の心中を推しはかると切なくなります。何の技巧も用いず、まっすぐな佳句だと思います。

鯛中九段は神戸生まれで久保松勝喜代門下。最も輝き、最もくやしかったのが昭和二十七年の第七期本因坊戦リーグでしょう。リーグで同率一位になったものの、プレーオフに敗れて挑戦ならず。高川格が挑戦者になり、橋本宇太郎本因坊に勝って以後九連覇を達成します。

◎寒峻《かんしゅん》烈《れつ》敗局の悔い酒の悔い　小西泰三

小西泰三（一九三九〜二〇一一、追贈九段）は専門棋士。対局に負け、新宿に寄って軽く帰るつもりが酔って電車を乗り違え、とんでもない終点で降ろされたときの作といいます。

48　夏の句

碁を崩すいづれ河鹿《かじか》と更《ふ》くる夜に　鹿間　松濤楼

聴覚に訴える名句

きれいな句です。松濤楼の会心作でしょう。松濤楼著の『古今百句百局』によれば、球磨《くま》川流域の人吉盆地（熊本県南部）に遊んだときの句。現在も清流球磨川は川下りとともにカジカガエルの美しい鳴き声を聞くのが観光の目玉になっています。その鳴き声は「フィー、フィー」と鹿に似ているので河鹿蛙と呼ばれるとか。「ヒュル、ル……」と聞けないこともない。いづれにしても一度聞いたら忘れられません。

碁を崩す音にカジカガエルの鳴き声を合わせたのが棋士らしい工夫です。さらに「いづれ」の使い方がうまい。代名詞や疑問詞なら、どちら、どれ。副詞として用いるなら、どのみち、そのうちに。ここは両様の意味を持たせているのです。どこからとなく碁を崩して碁笥に石をおさめる乾いた音が聞こえる。それに調子を合わせるようなカジカガエルの声。次第に更けゆく夜の静寂を破って、どちらもすばらしい。

松濤楼の「碁を崩す」は昭和初めの吟ですが、次は与謝蕪村一門の秀句を収めた『続明烏《あけがらす》』（一七七六編）にある嵐山《らんざん》（？―一七七三）の作。

碁を崩す音　幽《しずかなり》也夏《なつ》木立《こだち》

師の蕪村に似て、音に神経が通うと同時に、すぐれて絵画的映像的です。山寺での碁会か。中七下五を漢字にした趣向が生きて、涼風が木立から吹き抜ける感じがするでしょう。松濤楼といづれが上か。いい勝負ですね。

◎碁を崩す音の聞へる竹の奥　江戸川柳・寛政期

「碁を崩す」で始まる句は、例外なくきれいにまとまっています。この江戸川柳も竹林の奥から聞こえる碁を崩す音を巧みにとらえた秀句と思います。

49　夏の句

打ちかけの碁を思ひ寝や竹婦人《ちくふじん》

吉田冬葉《とうよう》

涼しさを求めて

暑い、暑い。こんなときはクーラーを思い切り利かせたいけれど、電力事情を考えるとそうもいきません。その点、古人は暑さをしのぐ知恵を持っていた。たとえば竹婦人（竹夫人とも）。ちょっと色っぽいことばですが、涼をとるために抱いて寝る竹籠《たけかご》のこと。抱き籠ともいいます。しろうと同士の碁で打ちかけになるのは珍しい。しかし夜も遅くなったので後日の打ちつぎを約束して別れた。打ちかけまでの局面を思い出しながら、竹婦人を抱いて寝たというのでしょう。

しゃれた俳句をつくった吉田冬葉（一八九二―一九五六）は大正・昭和と活躍した俳人。正岡子規―河東碧梧桐―大須賀乙字―冬葉という師弟関係です。涼しさの句、どんどんいきましょう。

涼しさやよき碁に勝《かち》て肘枕《ひじまくら》

快勝のあと、涼風の中、ひじ枕で昼寝する。幸せなひとときで暑さなんて忘れます。ストレートに心地よさが伝わってきますね。作者の雨谷《うこく》（姓は不詳）は十八世紀後半の京都伏見の人。『続明烏《あけがらす》』にある句なので与謝蕪村門と思われます。

涼しさや寺は碁石の音ばかり

これもストレートな句です。天井が高く、風通しのいい寺での熱戦は暑さを忘れさせます。作者の大島蓼《りょう》太（一七一八―一七八七）は門弟三千人といわれた人気俳人。蓼太の句は一四頁にもあります。

◎涼しさは碁を打つ音のほのきこへ　　江戸川柳・文化期

「ほの」はかすかの意。かすかに聞こえる碁の音が涼しさをかもしだす。これもきれいにまとまった川柳です。

50　夏の句

蚊の声に碁盤打割《うちわる》夕《ゆうべ》哉《かな》

幸氏

本当に碁盤を割ったのか

『江戸新道《しんみち》』（一六七八年、池西言水《ごんすい》編）所収の句です。口語を使って、軽妙さや滑稽を重視し、当時流行した談林（檀林とも）風の句を集めたのが『江戸新道』ですが、山口素堂の有名な「目には青葉山郭公《ほととぎす》初鰹《はつがつお》」が収められたり、若き松尾芭蕉が三句入集したりで、レベルは高い。「蚊の声に」も口調のいい佳句なのに、作者のことは何も伝わりません。幸氏は俳号でしょうが、コウジかユキウジか不明です。

対局中の蚊はとくにうっとうしい。思わず両手でパンと蚊を叩きつぶした。その音が碁盤を打ち割るほど豪快だったというのでしょう。夏向きのからっとした句ですね。ところがもう一つの解釈も成り立ちます。実際に碁盤を打ち割った。蚊遣《かやり》にするためです。蚊を追い払うべく、木や草を焚いて煙をくゆらせるのが蚊遣。本当だとしたら、碁盤もいい迷惑だし、何とももったいない。

　碁盤蚊遣説には有力な証拠があります。次は『江戸新道』の少しあとの元禄期につくられた雑俳です。

うちわって碁盤蚊遣に焼く法師

　蚊遣と法師が出てくれば『徒然草《つれづれぐさ》』が浮かびます。その十九段は蚊遣礼讃の記述がある。しかしこの雑俳の作者は『徒然草』と同時に、「蚊の声に」の影響があったと考えるのが自然です。「うちわって」の使い方は「碁盤打割」を知らなければ不可能でしょう。やはり本当に碁盤を割ったのかな。

◎芦《あし》の屋の蚊やりに崩す古碁盤　江戸川柳・元禄期

「芦の屋」は芦で葺いた粗末な小屋。蚊遣りにする材料がなく、古碁盤を割って燃やした。碁盤＝蚊遣り説はどうやら本当らしい。

51　夏の句

対局に蚊遣《かやり》置き去る女かな

河東　碧梧桐

碧梧桐と蚊遣

正岡子規門下の中で師の碁好きを一番受けついだのが河東碧梧桐（一八七三―一九三七）でしょう。へたの横好きだった子規に比べ、棋力は段違い。専門棋士であり俳人でもあった鹿間千代治（松濤樓）に三子でいい勝負だったというから、アマチュアのトップクラスです。本業の俳句では高浜虚子とともに子規門の双璧。芸風は異なるけれど、現代俳句に大きな影響を及ぼしたことでも碧梧桐と虚子はいい勝負です。

この句の蚊遣は江戸時代のそれとは違います。明治に入ってすぐ除虫菊がわが国にもたらされ、加工して蚊遣線香となる。現在の蚊取り線香と同じです。「置き去る」に女の冷淡さを感じます。「置きたる」だったら親切ですが、その逆。碧梧桐先生、あまり歓迎されていないようです。とすると、女は対局相手の奥さんではなく、いわくありげな、たとえば妾かもしれません。いま風のことばで愛人。対局相手と女の仲もうまくいってないのではないかなどと想像させます。俳句といえども私小説のような味わいですね。碧梧桐の蚊遣をもう一句。

棋《ご》に寄ると君を囲むと蚊遣して

棋はゴと読みました。「棋に寄る」は碁盤に向かう、「君を囲む」は親しい友と談笑するほどの意味でしょう。夏の宵ののどかな光景をうまく表現しています。「碁で云へば調子からして軽妙の好手」と鹿間松濤楼の評があります。

◎碁にしのぶ会に蚊遣れり瓢も据《す》う　河東碧梧桐

瓢を「ふくべ」か「ひさご」と読むのか分かりません。どちらにしてもヒョウタンなどの内部をくり抜いて酒などの容器としたものです。故人を偲ぶ碁会のあとはもちろん酒でしょう。

52　夏の句

隣の碁また見に起きる蚊帳《かちやう》哉

鹿間　松濤楼

蚊帳の中の碁

おなじみの鹿間松濤楼のユーモアあふれる佳句です。旅の宿の夜のできごとでしょう。松濤楼先生、寝ようとすると、となりの部屋から石音がする。旅の身の気安さで「ちょっと失礼」と蚊帳（普通はカヤですが、この句はカチョウと読む。歴史的かなづかいはカチヤウ。どちらにしても現在では死語になりつつあります）をくぐってのぞく。プロの松濤楼先生から見れば星目クラスの腕前でしょうね。引き返して寝床についたものの、気になって仕方がない。そこで何度ものぞきに行く。あげ句の果てにこんなやりとりがあったのではと察します。「そう何度ものぞかれるとは、おとなりさんも相当な碁好きですね。なんなら一局おねがいしましょうか」「め、めっそうもない」

松濤楼先生が専門棋士と明かしたら、落語のような結末です。蚊帳のきれいな句をもう一つ。

橘《たちばな》や蚊帳《かや》に碁を打つ老二人《らうふたり》

橘の実を割ったら、二人の翁が碁を打っていたという中国の昔ばなしがあり、「橘《きっ》中《ちゅう》の楽しみ」は碁の別名にもなっています。行灯《あんどん》の明かりのもと、蚊帳の中で碁を囲む翁二人を見て、作者は橘中の故事を思い出したのですね。初五に「橘や」を配した工夫も生きています。庭に橘が実際にあったかどうかは問いません。作者の川田田福《でんぷく》（一七二一—一七九三）は京都の呉服商。与謝蕪村の後援者であり高弟でした。

◎五月雨《さみだれ》に蚊屋《かや》を廻《めぐ》りに碁打《ごうち》哉　百話

蚊屋は蚊帳に同じ。蚊屋の中で碁をうっているのでしょう。気になってのぞく図。松濤楼の「隣の碁」とそっくりです。百話は江戸中期の京の俳人。

53　夏の句

ペツ〳〵と拙碁《へぼ》の音や避暑の宿　　広江　八重櫻

ヘボ碁の音は？

広江八重櫻（一八七九―一九四五）は島根県安来の地主の家に生まれ、河東碧梧桐（蚊遣の句を紹介しました）の門下になります。農村風景をうたった句が持ち味ですが、この種の句は珍しい。まず「ペツペツ」という擬音語の使い方がきわめて異例。読む場合は「ペッペッ」とツを小さくするのでしょう。しかしいくらヘボ碁でも「ペッペッ」と石音がするのかしら。「ペチャペチャ」なら分かります。旅館にある碁石は薄っぺらで、「ペチャ」という感じがしないでもない。おそらく作者は「ペツペツ」と書いて、「ペチャペチャ」と想像してほしかったのかもしれません。じょうずの碁ならともかく、ヘボ碁なら「ペチャペチャ」がぴったり。その石音が暑さを余計に浮き立たせ、避暑の宿で結ぶテクニックはうまいものです。

俳人屈指の棋力だった碧梧桐の門下だけに、八重櫻もかなりの腕自慢だったと思われます。石音だけでヘボ碁と断定するのですから。なお「拙」にはへぼとルビが振ってあります。次は師の碧梧桐の句。

烏鷺《うろ》に似し客二人あり夏衣《なつごろも》

これも避暑の宿の光景か。烏はカラス、鷺はサギ。黒と白で碁の別名にもなっています。黒っぽい夏の着物の客がカラスに、白っぽい客がサギに見えたのですね。あるいは髪が黒と白の二人か。聴覚に訴えた八重櫻とは違って、視覚を強調してきれいにまとまっています。

◎ぱつちぱつちと屋根船の静か也　江戸川柳・安永期

屋根船は屋形船と同じ。「ぱっちぱっち」という擬音語は碁のほかに花札を使った遊びとみることもできる。しかし「静か」なのだから碁と思いたいですね。

54　夏の句

碁盤出せ星さへ二人逢《あ》ふ夜なる

村《むら》　女《じょ》

女性の句

旧暦の七月七日は七夕《たなばた》祭り。いまでは一ヵ月遅れの八月七日にやるところがふえました。牽牛と織女の二人ならぬ二星が年に一度の逢瀬《おうせ》を楽しむのです。その七夕を詠んだ最高傑作がこれでしょう。

初五の「碁盤出せ」がきわめて異例。強い命令形で何ごとかと思う。すると星だって逢う夜なんだから、二人で遠慮なく碁を打とうよと続く。作者が女性というのがポイント。鹿間松濤樓は「想ふに村女は遊君（遊女）ではないだらうか」と推測しましたが、うなづけます。客と遊女、年がら年中逢えるものではありません。普通の女性、たとえば好いた男となかなか逢えない女性とか、わけありの女性と想像すると、より妖艶な世界になります。碁が終わったらどうするか、などと考えるのは品がないのでしょうね。
尾張の芭蕉門の句を中心に収めた『千鳥掛《ちどりがけ》』（一七一二年、下郷知足編）にあり、村女のところにはイセ（伊勢）とだけ書かれています。もう一つ、女性の句を。

碁いさかひ蕣越《あさがほごし》に聞えけり

アサガオの向こうから碁が原因のいい争いが聞こえてきた。おおかた待った待たぬの口げんかでしょう。碁好きはどうしようもない、という冷たい視線を感じます。作者の多代女《たよじょ》（一七七六―一八六五、本姓市原氏）は陸奥須賀川（現在の福島県須賀川市）の酒造業の家に生まれ、三十一歳で夫と死別したのち、江戸で俳人として活躍します。

◎白まけて黒に目を持つ鰈《かれい》かな　**加賀千代《かがのちよ》**

加賀千代（一七〇三～一七七五）は「朝顔に釣瓶とられてもらひ水」で知られる女流俳人。「白まけて」は碁のことばを使っただけですが、ユーモアの句になっています。

55　夏の句

棋局布置銀河《ふちぎんが》の如き白を奈何《いかん》

渡辺波空《はくう》

盤上の銀河

碁の句でも盤上の模様や形勢をうたったものはきわめて少ない。例外がこれです。「布置」は物を適当に配置すること、またはそのありさま（広辞苑）。碁でいえば布石が一段落した状態でしょう。よく見ると相手の白模様が雄大。夜空に横たわる天の川よろしく、盤上の隅から隅まで斜めに貫いている。さあ、この白模様をどうするか。軽く消すか、あるいはドカンと打ち込むか。「奈何」は副詞で、いかんせん、いかんすべきと続くところを省略しているのです。「棋局」「布直」「銀河」「奈何」と漢語を羅列したのも異例。こんな用法はゴツゴツした印象を与えがちですが、きわどくバランスを保ち、奇抜な着想とリズムのよさを浮き立たせています。碁の句ではAクラスにランクしたいですね。

作者の渡辺波空（一八八六—一九一四）は夭折の眼科医で俳人。師の河東碧梧桐は「わが党第一の作者」と称したのですが、句作活動はわずか数年のみ。碁の句もこれしか見当たりません。銀河＝天の川をもう一句。

棋院出て山王の森や天の川

作者はおなじみの鹿間松濤樓。棋院とは戦災で焼失するまで赤坂溜池にあった日本棋院。山王の森とは日枝神社境内の森。日本棋院から目と鼻の先でした。おそらく対局でほてった頭を山王の森のそぞろ歩きで冷ましたのでしょう。ふと見上げて目に入った天の川に新鮮な驚きを覚えたのです。

◎うちわたす星は碁石かあまの川　**高瀬梅盛**

天の川よろしく、夜空に輝く星は、盤上にうち渡した碁石のようだ。白優勢を匂わせているのかも。梅盛は江戸前期の京の俳人、狂歌師。

用語解説（夏）

せいもく　84頁　一般的には星目だが、聖目、井木などとも書く。置き碁（ハンデイキャップ戦）で盤上の九つある星の位置を指す。黒石を置き、白からの着手で始める。

碁経　85頁　碁について書かれた本。棋経ともいう。

中手　85頁　眼を一つしか作らせないように仕向けて、相手の石を殺す技術のひとつ。三目中手、四目中手、五目中手などがある。

ダメ　86頁　駄目。終局に際し、どちらが打っても損得のない地点。

ヨセ　87頁　寄せ。中盤の乱戦が終わりにむかい、終盤で地を確定させる一連の着手。

手合　90頁　おもにプロ同士の対局のこと。平成の初めまでは、年間を通しての昇段をかけた手合を大手合とよんでいた。

秋の句

56　秋の句

朝顔《あさがほ》に咲《さか》れてもどる碁打哉

大谷六枳《りつき》

朝顔は碁熱心の象徴

夏の花といえば朝顔（歴史的かなづかいはアサガホ）ですが、じつは夏ではなく秋の季語です。このへんは一般的な感覚とズレがありますね。立秋は八月七日ころなので堂々と朝顔を紹介できるわけです。

冒頭の句はきわめて分かりやすい。碁仲間を呼んだか呼ばれたのでしょう。盤上に熱中するうちに徹夜になってしまった。ふと気がつくと夜が白々と明け、朝顔が咲いている。おやもうこんな時間になったのかと驚いて、碁もそこそこに朝帰りする図でしょう。下五は「飲んだくれ」でも「里の客」（里は遊里）でもいいのですが、碁打ちが最も上品です。作者の大谷六枳（一六八八―一七四五）は浄土真宗大谷派の僧侶で越前・本瑞寺の住職。のち近江・福善寺の住職を兼ねた俳人です。一七二頁、一八

○頁で紹介する大谷句佛は東本願寺の法主をつとめました。句づくりは真宗の伝統かもしれません。六枳にはリッキのほかにロクキ、ロクシの読み方があるようです。次の朝顔の句はもっと碁に熱中しています。

あさがほや棋盤《ごばん》にはまだ灯《ひ》も消えず

朝がきて朝顔が咲いたのに気がつかず、行灯《あんどん》を消さずに碁を打ち続けているよ。碁好きはどうしようもないという家人の嘆きが伝わってきます。作者の可楽《からく》は十八世紀後半から十九世紀初めにかけての京の俳人ですが、ほぼ同時代に可楽庵なる越後十日町の俳人がいて、こちらの可能性もあります。

◎蕣《あさがほ》の白一りんは碁の中手　江戸川柳・文化期

赤、紫、藍と色とりどりのアサガオの中で一輪の白。碁の中手のようだね。きれいな機知の五七五です。

57　秋の句

らにの香《か》や碁盤の面《おもて》打ちかすり　松岡青蘿《せいら》

夏から秋へ

「らに」はラン（蘭）の音便変化。しかし江戸時代の「らに」が現在の蘭かというとそうではありません。秋の七草の一つ、フジバカマ（藤袴、キク科の多年草）を普通は指します。どこにでもある花です。障子をあけて碁を打っていたのでしょう。すると、庭のフジバカマのかすかな芳香が盤上をかすめた。目にははっきり見えなくても、もう秋なんだなとの感慨にふけったのですね。下五に碁の句らしい工夫がうかがえます。「かすりけり」では平凡すぎる。碁のことばを持ってきて「打ちかすり」とまとめて印象を強めたのです。

松岡青蘿（一七四〇―九一）は姫路藩の江戸詰勘定方でしたが、身持が悪く、藩を追放され、諸国行脚ののちに加古川に庵を結び、俳諧師となった人物です。

いまの季節は秋を感ずることもあるけれどまだまだ暑い。とび込んでくるのは秋の花のかをりだけではありません。そこでこんな句を。

蝉の声碁盤の角《かど》にせまりけり

こんどは蝉の声です。碁盤の角に迫ったという表現が鋭い。碁盤の面《おもて》では「せまりけり」と続きにくい。部屋中に響いたはずですが、大げさに碁盤の角と断定して、やはり印象を強めているのです。蝉は夏の終わりから初秋にかけて鳴くヒグラシ（カナカナゼミ）と勝手に解釈しておきます。作者の夏目成美《せいび》は前にも紹介しました。松岡青蘿とほぼ同時代の人です。

◎はえ吹くや碁石ならぶる盤の上　船越清蔵

「はえ」は南風のこと。碁盤の上には花の香や蝉の声、そして南風といろいろなものが迫ります。船越清蔵（一八〇五～一八六二）は長州の陽明学者、蘭学者。

58　秋の句

うち向ひ先々先《せんぜんせん》や窓の月

内藤露沽

囲碁用語の巧みな使い方

秋とくれば月。春の桜とともに月を詠んだ秀句がいっぱいです。その中でも上位に推したいのがこれ。

「先々先」は先相先ともいい、した手から見て、黒白黒の手合。一段差は先々先になります。「うち向ひ」とありますが、作者が打ち向かっているのは碁盤ではなく、窓の月です。月が先々先とはどういうことか。おそらくくもりがちだったのでしょう。月が雲に隠れているときは黒。雲が切れて月が現れたら白。また隠れて黒になる。先々先、つまり二対一の割合で黒＝闇が多い。じゃまする雲が消えてくれないかなとの裏の意味もありそうです。愛棋家ならではの機知の句ですね。

作者の露沽（一六五五―一七三三）は前に「春初り賭碁の櫻いそいそと」を紹介し

ました。磐城（現在の福島県いわき市）の平藩藩主の子に生まれたものの、お家騒動に巻き込まれて廃嫡。隠棲生活を送り、俳人として一生を過ごします。露沾のちょっとのちの世代の面白い句を。

白黒の石の中手《なかで》やけふの月

きょうの月は中手のようだ。五目中手や六目中手（花六）を想像してください。黒が五目なり六目の白を取り上げる。そのあとに白が中手をする。中手の一手を月と表現したのです。暗いところへ月が突然現れたのをうまく詠んでいます。作者の楚園についてはいっさい不明。地方の無名俳人でしょうが、この句はなかなかです。

◎岩に目をもって碁をうて峯の月　竹水

「目をもって」は持つと盛るを懸けているのでしょう。月に向かって岩に目を盛るが如く、目を持つが如く照らせと呼びかけたのです。竹水は江戸前期の俳人。

59　秋の句

月さすや碁をうつ人のうしろ迄《まで》

正岡子規

子規と月

月を詠んだ正岡子規の句は多い。その中で上品にまとまっているのがこれ。子規先生観戦していただけなのか、対局者の一方なのかよく分かりませんが、どちらにしても盤上に熱中して、周囲のことに気がつかなかった。ふと眼を移すと、縁側に近い対局者のうしろに月の光が差し込んでいるではないか。もうこんな時間になったのかという軽いおどろきをうまく表現しています。月についての説明がないのもいい。初五を「名月や」とか「月あかり」としたのでは月並調です。「月さすや」と強く言い切ったから中七下五が光ってくるのです。

子規三十二歳、明治三十一年の作。この年は病気進行中ながら、碁の句が大豊作で、十句以上つくりました。次の句も同じ年の作です。

碁にまけて厠《かわや》に行けば月夜かな

厠（トイレのこと）なんて子規以前は俳諧に詠まれにくかったのですが、子規にかかると立派な題材です。そうそう、子規の親友の夏目漱石にも「ほととぎす厠に居《を》りて出かねたり」がありました。碁に負けて厠で自然の欲求を解消し、ほっとしたとき、初めて月のみごとなことに気がついたのでしょう。次は漱石門下の松根東洋城の作。

月よそに碁を打つ二階二階かな

こんなにいい月が出ているのに、あちこちの二階では碁に熱中している。好きだねえ、と感心したのかな。東洋城は一四〇頁で紹介します。

◎碁を囲む僧の後《うし》ろの月夜さし　仙興

子規の「月さすや」とよく似ています。しかし子規が真似たということはないでしょう。仙興は江戸後期の俳人。

60　秋の句

白先《しろさき》か碁やくろざきの月ひとつ

用《よう》石《せき》

ことば遊び

「白先」ときて「くろざき」が続く。あやしい句ですが、仙台在住の俳人、大淀三《み》千風《ちかぜ》が編んだ句集『松嶋眺望集』（一六八二刊）にある句といえば納得できます。黒崎は宮城県牡鹿半島にあり、西に松島を望む絶景の地。東日本大震災では津波の被害のひどかったところです。作者は黒崎の浜辺から松島を背に、東の海の上に昇った月を見て、白く輝く月が先手を打ったようだと詠んだのですね。月が白石なら、月明かりに点々と浮かぶ松島は黒石か。

松尾芭蕉が本格的に登場する前に流行した談林風のことば遊びですが、これはこれで機知の句に仕上がっています。作者の用石についてはいっさい不明。三千風と交遊のあった当地の人でしょうか。次は格調高い月と碁の句。

碁に負《まけ》て月澄む水を濁《にご》しけり

碁に負けたときは自分に腹が立ちます。つまらないミスで負ければなおさら。ムシャクシャして何かしたい気持ちになるのも無理はありません。この句は「月澄む水」の表現が美しい。水とは何か。自分の家の庭の池、あるいは帰り道の小川か。手水《ちょうず》鉢《ばち》と解釈するのも面白い。池か小川だったら石でも蹴飛ばしたのでしょう。無風流なことをしたなと、ちょっぴり反省の念もありそうです。江戸俳人の青野大笻《だいこう》が編んだ句集『犬古今』（一八〇八刊）にある句ですが、作者の以足《いそく》についてはやはり俳号しか分かりません。

◎碁間《ごま》足して枕や足らぬ寺の月　　岱我《たいが》

碁間とは碁を打つ部屋かスペースでしょう。それをふやしたのはいいけれど、枕が足りなくなった。月は単なる添えもののよう。岱我は江戸後期の俳人。

61　秋の句

ひと戦《いくさ》して隈《くま》もなし竹の月

村瀬秀《しゅう》甫《ほ》

俳人・村瀬秀甫

句をよくした棋士は少なくない。本欄で棋士の句をいろいろ紹介してきましたが、一番の大物といえば幕末から明治前半にかけての巨人・村瀬秀甫（一八三八―一八六）でしょう。

囲碁史の復習を少々。文久二年（一八六二）に本因坊秀策が亡くなったあとの若手第一人者は村瀬秀甫でした。誰もが本因坊跡目の座は秀甫と見ていたのですが、なぜか秀甫は跡目につけず、全国遊歴に憂さを晴らしたといわれます。中央に復帰して本格的な活動を始めたのは明治十二年（一八七九）に方円社を設立してその社長におさまってから。明治十九年には本因坊家との和解がまとまり、本因坊秀栄に代わって十八世本因坊に就位します。

「ひと戦」は念願の本因坊就位直後の作。いくさとは秀栄との和解十番碁（秀栄定先で五勝五敗）と思われます。秀栄の定先をおさえ込み、晴れ晴れした気持ちが「隈もなし」によくあらわれていますね。しかしその二ヵ月後に急逝。史上最も短い本因坊でした。秀甫の十数句が現在に伝わりますが、一番の傑作は次。

移りゆく旅や布団《ふとん》の長《なが》みぢか

遊歴時代の作でしょう。安宿を泊り歩いたのです。秀甫のよき理解者で、わが国最初の女流専門棋士とされる林佐野の求めに応じてしたためたといわれます。なお「みぢか」（短）は「みじか」が正しい歴史的かなづかいですが、当時から混同されたようです。

◎海と山一夜替わりや旅の月　村瀬秀甫

これも遊歴時代の作。海の近くと思えばこんどは山あい。旅の一日一日も、月だけは自分を照らしてくれるというのでしょう。

62　秋の句

碁の句解けば故人尊《たふと》し獺祭忌《だっさいき》

鹿間　松濤樓

子規は偉かった

「獺祭」はカワウソのまつり。ニホンカワウソ（特別天然記念物だったが、わが国での絶滅が発表された）はたくさんつかまえた魚を食う前に並べて祭るような習性があるとか。正岡子規もカワウソのごとく執筆のときはあらゆる資料をまわりに並べたといいます。その居の根岸庵を獺祭書屋と名づけ、自分を獺祭書屋主人と称しました。九月十九日の子規の忌日は獺祭忌とも、死の直前にへちまの辞世の句をつくったことから糸瓜忌《へちまき》とも呼ばれます。

松濤樓はその著『古今百句百局』の最後にこれを挙げ、「大人は赤子の心を失はず（中略）稚気そのもの、尊さがある。私は云ひ度《た》い、子規居士は矢張り偉かったと」と結んでいます。いろいろな碁の句を調べ、解明してきたけれど、子規先生が一番ですよと述べているようですね。子規への尊敬の篤さが分かります。

しかし松濤楼は子規の碁の句のすべてをほめたわけではありません。けなしたのも一、二ある。たとえば、

蓮の実の飛ばずに死《しに》し石もあり

子規三十二歳の作。これを松濤楼は「碁言葉の綾を弄したる」と批判したうえ、「内容の尊重に値せぬ」とバッサリ切り捨てました。

そうですかねえ。ハスは秋に花房の穴から実を落とす。元気よくはじけ飛ぶ実がある一方で、飛ばずに死に石のようになるものもある。先の短い自分の身を重ね、せつなくなる佳句と思うのですが。

◎焼き栗のはねかけてゆく先手かな　　正岡子規

「はねかけて」はハネてカケるのか、ハネてカケツグのか分かりません。この句も鹿間松濤楼に駄句と評されました。

63　秋の句

大敗の棋上《きじやう》に渡る野分《のわき》かな

河東　碧梧桐

上手《じょうず》は強がらない

二百十日、二百二十日、つまり台風の季節です。台風の語源は諸説あってはっきりしませんが、昔は野分《のわき》（のわけとも）といいました。野の草を分ける強風の意味でしょう。

荒涼たる句ですね。大敗の盤上に吹き渡る野分。「棋上」はキジョウでもゴジョウでもいい。歴史的かなづかいはキ（ゴ）ジヤウ。碧梧桐がこの句を詠んだのは明治三十五年九月末。東京に台風が襲来したのは九月二十八日と分かっています。正岡子規が亡くなったのは同年の九月十九日。師を失って荒涼たる気分の中でつくったのです。碧梧桐は師の看病のため、子規庵のとなりに居をかまえました。台風の直後には「主人なき庭なれば野分吹き荒らせ」と詠んで追悼の句としました。庭は子規庵の庭。これも荒涼そのものです。
碧梧桐は前にも紹介したように大の碁好きで腕前も俳人最強。それを評価されたのでしょう。有名な大正十五年の院社対抗戦、本因坊秀哉名人対雁金準一七段の決戦の読売新聞観戦記者をつとめました。だからといって決して強がりません。

下手糸瓜《へたへちま》碁の筋道がくねり居《を》る

「大敗の」と同じときの作。自分のことをへたへちまとののしっているようです。へちまがまがっているように、へたの碁も筋道がまがりくねっている。専門棋士に三子の手合だった碧梧桐だったからこそ、「大敗の」も「下手糸瓜」も作れたのでしょう。

◎二百十日雨が碁を打つ一《ひと》ト在所　江戸川柳・享保期

「在所」は村里、いなか。そこに雨が強く降りつける様子を、碁を打つと表現したのです。川柳の作者は江戸庶民。その豊かな発想力を感じさせます。

64　秋の句

鯊《はぜ》釣ると碁囲むと今日《けふ》昨日《きのふ》かな　松根東洋城《とうようじょう》

夏目漱石門の二人

夏目漱石門下は多士セイセイ。俳句で名を残した門弟だけを拾っても中勘助、芥川龍之介、松根東洋城、寺田寅彦とさまざまです。今回はその中から松根東洋城と寺田寅彦を紹介しましょう。

松根東洋城（本名は豊次郎、一八七八―一九六四）は一高時代から漱石に師事。宮内省の役人のかたわら、「ホトトギス」に投稿し、本格的俳人の道を歩みます。冒頭の句は大正七年の作。ハゼは秋、脂が乗って最高にうまく、多くの庶民が東京湾のハゼ釣りを楽しんだものです。昼はハゼ釣り、夜はハゼのてんぷらで一杯やりながら碁。そんな一日一日を過ごしていいのだろうかという反省の意味もありそうです。

東洋城と仲のよかったのが物理学者で随筆家の寺田寅彦（一八七八―一九三五）俳

号は寅日子、吉村冬彦の筆名も。「天災は忘れたころにやってくる」の警句で有名です。五高時代にその教授だった漱石に俳句を学んだというから、漱石の俳句の弟子の第一号でしょう。

晨《あした》に起《おき》て主客碁を打つ柚味噌《ゆみそ》哉

「晨」は朝早く。寅彦先生は客だったのかな。主人とともに「柚味噌」(ゆずみそとも柚釜《ゆがま》ともいい、ゆずの上を切って中身を取り出し、ゆずの果肉と味噌を焼き、釜に見立てたゆずの実に戻したごちそうで秋の季語)を食いながら碁を打った幸せなひときどき。寅彦も東洋城も食い意地が張っていたのかもしれません。

◎碁囲めば碁にしば影す燈蛾かな　松根東洋城

東洋城をもう一句。碁盤にしばしば影を落とす燈火に集まる蛾。迷惑なのではなく、これも風情の一つというのです。燈蛾は夏の季語です。

65　秋の句

人酔へり碁盤かたしく菊の宿

本島知辰《ちしん》

碁盤と添い寝

「重陽《ちょうよう》」の題があるので解釈が助かります。旧暦九月九日は重陽の節句（別名菊の節句）。古代中国ではこの日、登高《とうこう》といって小高い丘に友人や家族と登り、菊の花を浮かべた酒（菊酒）をくみかわして、健康や長寿を祈りました。わが国では奈良時代から宮中で観菊の宴が催されたとか。この句ですが、重陽の日に宿の主人から菊酒をふるまわれたのでしょう。そのあと、ひとりで碁盤に向かって石を並べ始めたものの、酔いが回って、うたた寝をした。それが問題です。「かたしく」は片敷く。衣の片袖だけを敷いてひとり淋しく寝ること。碁盤とことわってあるので、片袖のかわりに碁盤と添い寝をしたのか。あるいは碁盤に片肘でも突いて、うつらうつらしたのかもしれません。「碁盤かたしく」が強く印象に残る秀句だと思います。

作者の本島知辰は十七世紀後半から十八世紀初めの京都の商人で俳人でした。秋らしい句をもう一つ。

寄《より》かゝる碁盤や秋の夕間暮《ゆうまぐ》れ

碁盤に直接寄りかかったわけではありません。夕方になって薄暗くなり、盤上がよく見えなくなった。そこで無意識のうちに身を乗り出し、碁盤に覆いかぶさるようにしたのを「寄かゝる」と表現したのです。打つ人も見る人も熱中して時間がたつのを忘れたのでしょう。作者の平沢一村《いっそん》は江戸時代初期の人。没後三十年以上たって十七世紀末の句集に入れられた句です。

◎暮かかる碁盤に落る頭巾かな　文花

頭巾をかぶるのは一般的に僧侶。お坊さん同士の対局でしょう。暮れかかって暗くなり、盤上をよく見ようと、頭が下がったのですね。文花は江戸中期の俳人。

66　秋の句

白鶏《しらとり》の碁石になりぬ菊の露

宝井其角

芭蕉門の双璧、其角と嵐雪

其角は前に「雛やそも碁盤に立《たて》しまろがたけ」を紹介しました。松尾芭蕉の高弟で師以上に江戸庶民の人気を集めた俳人ですね。その其角のいまの季節を詠んだ傑作がこれです。「さまぐ〵に作り分《わけ》たる菊の中に飼れて」と前書があり、句の背景がよく分かります。其角さん、菊作りを趣味としていたのでしょう。と同時にニワトリも放し飼いしていた。朝、卵を取るためか、庭に出ると菊の葉の上の露が目に入った。なんと白い碁石そっくりではないかと感動したのです。白いニワトリが写っていたのを、ニワトリが「碁石になりぬ」と誇張したところに其角ならではの俳諧味があります。

其角は表現の大きさ、江戸の粋やユーモアが持ち味ですが、「白鶏の」には観察眼の鋭さとこまやかさがうかがえます。其角を代表する句の一つだと思います。

菊買ふは又碁にまけし人やらん

作者の服部嵐雪《らんせつ》（一六五四―一七〇七）は芭蕉に入門して武士をやめ、俳諧に専念して蕉門を其角と二分するまでになります。「梅一輪一輪ほどの暖かさ」が有名です。「又」とあるので、数日前にも菊を買う知人に出会ったのでしょう。「おや、どうしましたか」「碁に負けてむしゃくしゃするから菊でも愛でようかと」などという会話があったのかな。其角とはまた違って、平凡そうに見えながら、いろいろなことを想像させる佳句です。

◎児小性や碁盤ふまへてませの菊　　本多心水

袴着《はかまぎ》（着袴《ちゃっこ》とも）の儀式です。江戸以降は男子五歳に初めて袴を着させ、碁盤の上から飛び降りる形式になりました。小性は小姓と書くのがふつう。「ませ」は籬《まがき》。旧暦十一月に行われるので菊を持ってきたのでしょう。心水は江戸中期の人。

67　秋の句

灯《ともしび》の花や碁にちるきりぐ〵す

藤岡月尋《げつじん》

ともしびの花二句

灯は行灯《あんどん》でしょう。灯の花（灯花）とは何か。丁子頭《ちょうじがしら》ともいい。灯心（イグサや綿を使う）の燃えさしにできるかたまりのこと。これが燃えると一瞬明るくなり、やがて消える。いま盤上は火花を散らしており、ともしびの花が燃えさかっているのですね。

なお「きりぐ〵す」はキリギリスではなく、コオロギを指します。芭蕉の有名な「むざんやな甲《かぶと》の下のきりぎりす」もコオロギです。句をストレートに読めば、コオロギが盤上に散ったようですが、そんなことはあり得ません。コオロギの鳴き声はあくまでも背景。盤上に散ったのはともしびの花による明るさです。

作者の藤岡月尋（一六五八―一七一五）は元禄期に関西で盛んだった伊丹派の一員。

口語を駆使して新奇な表現を好んだのが伊丹派の特徴ですが、「碁にちるきりぐ〳〵す」にそれがうかがえます。次は与謝蕪村（一七一六―一七八三）のともしびの花です。

黙々と棋子《きし》を敲けば残花落《ざんかおつ》

蕪村が高弟の高井几董にあてた書簡にある句ですが、蕪村のオリジナルではありません。中国南宋の趙師秀の絶句の一節「閑敲棊子落灯花」（閑に棊子を敲けば灯花落つ）を拝借し、「閑」を「黙々と」、「灯花」を「残花」に変えたのです。棋子は碁石のこと。残花は燃え尽きようとしている灯心。こちらは対局ではなくひとり碁でしょう。オリジナルではないとはいえ、寂寥感がよく現れています。

◎碁の音にまたたく燭《しょく》や露の宿　　鹿間松濤楼

燭はろうそくでしょう。碁の音でろうそくの火が明滅したわけではないけれど、誇張した表現も五七五の一つの持ち味です。

68　秋の句

行《ゆ》く穐《あき》の碁相手呼ぶか寺の鳩

沢　露《ろ》川《せん》

寺は碁会所

碁を専門に打つ場所―碁会所（碁屋ともいわれる）は江戸時代初めからありました。しかし碁会所以上に多くの碁好きが集まったのは寺でしょう。檀家制度が整い、寺は地域の中心です。碁会所を兼ねていたのですね。寺と碁の関係をあらわす句を三つ紹介します。

まず冒頭の句ですが、きわめて分かりやすい。「穐」は秋の異体字。「碁相手」は軽いことば遊びで碁と御を掛けています。碁苦労様のような使われ方もありました。寺の鳩の鳴き声が碁好きを集める呼子の笛のように感じられたのでしょう。作者の沢露川（一六六一―一七四三）は名古屋の商人で松尾芭蕉の晩年の弟子。次の句はなかなか面白い。

茸狩《たけがり》の戻りは寺の碁に成《なり》ぬ

稲の刈入れが終わった農閑期、みんなで山に入り、きのこ狩りをした。松茸でしょうか、舞茸か。その一部を和尚さんへの手みやげとして寺に寄って碁を打ったのです。二人のあたたかい交流がうかがえます。芭蕉門（芭蕉の甥という説も）の天野桃隣《とうりん》が編んだ句集『陸奥鵆《むつちどり》』にある句で、作者の長山《ちょうさん》は俳号しか伝わりません。もう一句。

けふもまた碁を打《うち》に行く檀那寺《だんなでら》

「檀那寺」は菩提寺ともいい、檀家の所属する寺。今日もまた打ちに行くのだから寺は完全に碁会所状態ですね。十七世紀末の作者不知（知らず）句です。

◎山寺や茸盗人《たけぬすっと》を碁の相手　江戸川柳・宝暦期

山のきのこは村の共有財産。これを採るよそ者は盗っ人ですが、碁の相手だったら許せるのかもしれません。

69　秋の句

淋しげに柿くふは碁を知らざらん　正岡子規

子規は食いしん坊

正岡子規の随筆には食事に関する記述がじつに多い。肉、魚、果物……。健啖ぶりには驚かされます。子規以前には句にほとんどとりあげられることのなかった食べ物も、立派なテーマになるのです。「柿くへば鐘が鳴るなり法隆寺」はあまりにも有名です。冒頭の句もその延長にあります。みんなで軽口をたたきながら楽しそうに碁を囲む。この中に碁を知らない一人がいたら手持無沙汰で淋しいでしょうね。盆に盛られた柿に手を出し、皮を剥いて食うしかほかにすることがないわけです。

明治三十一年秋の作。前書に「元光院観月会　碁」とあります。元光院は上野寛永寺の塔頭の一つ。そのころ漢学者の桂湖村が元光院に下宿していて、子規ら数人が招かれたのです。観月会とは名ばかりで、本当は碁会だったのかもしれません。桂湖村は陸羯南を中心とする碁のグループの一員（子規も）で、大の碁好き。湖村へのサービスもあって、碁の題詠句をつくったのでしょう。当日詠んだ碁の句は五つ。その中から一つ。

勝ちさうになりて栗剥《む》く暇《いとま》哉《かな》

碁の題詠句なので、碁に勝ちそうになって栗を剥いたのです。苦しい碁だったが、なんとか局面打開に成功。ようやく勝ちが見えたところで栗を剥く余裕もできた。碁を打つ者でなければ分からないしあわせなひとときです。栗は勝ち栗（搗《か》ち栗）を連想させ、柿などほかの果物で代用できません。

◎枝豆をむきむき笊碁《ざるご》覗きける　森琴石《きんせき》

覗いた人は対局者より強いのでしょうね。笊碁というのだから。枝豆は秋の季語です。森琴石（一八四三〜一九二一）は日本画家。

70　秋の句

木犀《もくせい》や碁にも木魂《こだま》の響く庭

堀　麦《ばく》水《すい》

碁の音がこだまに

いまの時期、市ヶ谷の日本棋院の前を通ると、キンモクセイの芳香に圧倒されます。棋院の一角にあるささやかな植込みがその発信源です。

そこで「木犀や」ですが、キンモクセイにしてもギンモクセイにしても、不思議なことに香りや匂いはまったく無視されています。自明のこととして言及しなかったのでしょう。かわりに訴えたのが聴覚。それも「木魂」（木霊《こだま》や谺とも）を持ってくるのだからいささか大げさです。こだまは山びこ。山や谷で音や声が反響すること。碁の音がこだまとなって庭に響くなんて聞いたことがありません。

しかしこれが俳諧の味なのですね。俳諧の原義はおどけ、たわむれ、滑稽。松尾芭蕉が現れて俳諧は文学にのぼり詰めますが、芭蕉以前はたわむれが主流だったのです。

その芭蕉だって魚が涙を流したり、蝉の声が岩にしみ入ったりと、意表に出て奥深い滑稽さを強調しています。木犀と碁と木魂、三つの異質のものを持ってきて一つにまとめる力わざにはおそれいります。作者の堀麦水（一七一八―八三）はもともと加賀金沢の商人。諸国遊歴ののち小松に庵を結び、蕉風復帰を唱えた俳人です。木犀をもう一つ。

朝からの碁や木犀に匂はれし

これはストレートに嗅覚を前面に出しています。芳香の中で朝からの碁とはしあわせなひとときですね。作者の元暁《げんぎょう》は幕末の俳人ですが、くわしいことは分かりません。

◎木犀や碁盤開きの小酒盛　塩入汎葉《はんよう》

モクセイの香る中、碁盤開き（碁盤を初めて使う際の儀式）に呼ばれ、指導碁のあとで小宴になった。棋士らしい句です。汎葉は専門棋士、塩入逸造七段（一九二五～一九六六）の俳号。

71　秋の句

新蕎麦《そば》や碁笥なき盤も横《よこた》はる

河東　碧梧桐

新そば二句

河東碧梧桐を紹介する機会がふえました。師の正岡子規に次いで碁の句が多いので当然といえば当然でしょう。「新蕎麦や」は明治四十年、三十五歳の作。このころ碧梧桐は新傾向俳句運動（伝統的な五七五形式と花鳥諷詠趣味からの脱却を企図した運動）の賛同者を得るため、全国行脚中でした。九月から十月にかけては山形市、酒田市、鶴岡市を遊歴したことが分かっています。そのいずれかのそばどころで後援者の家に泊まり、新そばをごちそうになった。ふと床の間を見ると碁盤がある。しかし碁笥がない。おや、どうしたのかな、碁笥があったら一局お願いするのにという気持ちが伝わってきます。愛棋家らしい句だと思います。この句に関しては新傾向はあまり関係なさそうです。

もう一句、新そばを。

新そばや花に見しより黒み勝《がち》

作者は明治時代の専門棋士小林鐵次郎（一八四八—一八九三、俳号は小哲）。方円社社長の村瀬秀甫を助けた碁界復興の功労者です。「信州にて降矢《ふるや》氏と対局の折」と前書があり、背景がよく分かります。新そばは真っ白な花に比べて黒っぽい。碁も白を持った自分が負け、黒の降矢氏が勝たれましたよというのでしょう。機知とユーモアの句ですね。降矢沖三郎は信州松本の人。醤油醸造業で財をなし、家業を息子に譲ってから横浜に移り、方円社に加わって碁の普及に尽力しました。

◎新そばと聞いて碁打も座に据《すわ》り　江戸川柳・明和期

「碁打」は碁を打っている人。新そばときいて、碁を放り出し、そばの席に移ったのですね。花より団子ならぬ、碁より新そばです。

72　秋の句

持碁《ぢご》にして蕎麦《そば》の亭主の定《さだま》らず　（作者不明）

無名俳人の傑作

江戸時代の句集でこまるのは、作者不明の句が結構あることです。作者名が空欄だったり、作者不知（知らず）あるいは不詳（つまびらかならず）となっていたり、しかし句は名前で詠むものではありません。無名俳人の作にも秀句は多い。今回はそんな句を紹介します。

「蕎麦の亭主」とは蕎麦屋のおやじではなく、しろうとの蕎麦作り自慢でしょう。その亭主が親しい碁がたきの二、三人を呼んで蕎麦をふるまうことにした。とりあえず碁ということになり、終わるころを見計らって蕎麦をゆでるつもり。ところがジゴになっちゃった。ジゴなら、もう一番となるのが定石です。いつ蕎麦を出していいものか、悩む様子が「定らず」によくあらわれています。十八世紀なかばの俳論書にある句です。次の作者不明句は十九世紀初めの句集で見つけました。

鶺鴒《せきれい》よ我も打ちたしちから籠《こ》め

「打ちたし」だけでどうして碁の句と分かるのか。蕎麦やバクチだって「打つ」なのに。ヒントは鶺鴒（スズメ目セキレイ科の総称、ハクセキレイやセグロセキレイなど）です。セキレイは長めの尾を上下させる習性から石たたきの別名があります。石をたたくのなら碁ですね。作者は病気かその後遺症で手が不自由だったのかもしれません。そこで力をこめて打てたらと夢想した。「鶺鴒よ」と呼びかけで始まるのは近代俳句のあけぼのを思わせます。

◎頬白《ほほじろ》の鳴いて届くや碁の誘ひ　作者不明

これもうまい。ホオジロ（スズメ目ホオジロ科）の鳴き声は「一筆啓上仕《つかまつ》り候」と俗にたとえられます。碁の誘いの文も一筆啓上で始まったのでしょう。江戸末の句集から。

73　秋の句

長き夜や三々の陣星の陣

（昭和川柳）

若き呉清源、人気沸騰

明治に入って川柳と個人名（柄井《からい》川柳《せんりゅう》は江戸後期の雑俳の選者）で呼ばれるようになった雑俳の中で、最も人口に膾炙したのが「長き夜や」でしょう。「三々」と「星」から、囲碁史にくわしい方なら本因坊秀哉―呉清源戦だなとピンとくるはずです。

昭和八年（一九三三）読売新聞社主催の日本囲碁選手権で優勝した呉清源五段は本因坊秀哉名人への挑戦権を得る。同年十月十六日から始まった秀哉―呉戦は持時間各二十四時間、打掛け十三回の大勝負。二十歳の呉の二先二の手合でしたが、新聞社の要請で先番になったといわれます。権威の象徴である本因坊と若手の旗手の対決、本因坊の伝統的布石と呉の新布石。すべての面で人気沸騰でした。そして呉は黒1を右上三々に、黒3を対角線の星に、黒5を天元に打って世間を驚かせます。

この川柳の作者も、秋の夜長を碁がたきと過ごして、呉の三々や星打ちをまねしたのでしょう。川柳に詠まれて知れわたるのは大変なこと。読売新聞の発行部数は飛躍的に伸びたそうです。なお川柳の作者名は表記しないのが江戸時代からの習慣です。もう一句、呉清源関連を。

半玉《はんぎょく》がひそかに想ふ呉清源

「半玉」とは一人前ではない玉代が半分の若い芸妓。若き呉清源は、いま風のことばでいうとイケメン。ひそかに恋いこがれる女性がいても不思議ではなかったのです。人気のほどが分かりますね。

◎大ゴミは六目半じゃないあなたです　平成川柳

コミが五目半から六目半に変わったのは二十一世紀にはいってから。「六目半の大ゴミのせいで負けた」とぼやいたら、奥さんから痛烈ないやみを言われた図でしょう。

74　秋の句

うつゝなく女碁うちぬ秋の暮

杜《と》　由《ゆう》

源氏絵巻を句にすれば

「うつつ」は現実。目が覚めている状態、気が確かなさま。それがないというのは夢見心地、正気を失っている、物狂おしい状態でしょう。女同士の対局か、男対女なのか、はっきりしませんが、どちらにしても妖艶そのものですね。ここでは女性同士と解釈しておきます。

女同士の対局でピンとくるのは『源氏物語』の「空蝉《うつせみ》」です。空蝉とその義理の娘の軒端荻《のきばのおぎ》の対局は、『吾輩は猫である』の迷亭君と八木独仙君の対局とともに、文学作品の中の対局場面の双璧だと思います。「けち（結、ヨセのこと）」「ぢ（持、セキ）」「こう（劫）」などの囲碁用語がふんだんに使われ、地を数える光景も出てくる。この対局を光源氏がのぞき見するワンシーンが源氏物語絵巻にあります。「うつつなく」の作者はこれが念頭にあったのだと思います。女二人の対局が終わった夜、光源氏が空蟬の寝所に忍び入ったところ、空蟬は蟬の抜けがらのように衣を脱ぎ捨てて逃げる。空蟬と思って契ったのは軒端荻だったというオチ。こんな背景を知れば句の妖艶さがより強く浮き上がるでしょう。

蕉風（芭蕉とその一門の俳風）復興を旗印にした『親類題発句集』（一七九三年刊）にある句ですが、作者の杜由についてはほとんどが不明。同年、伊予松山の古刹、鎌大師に芭蕉百回忌を記念して芭蕉塚が建立されたとき、発起人の一人に杜由の名が見えるので、松山の俳人と思われます。

◎碁に労《つか》れ軒端の荻が寝入りばな　江戸川柳・文政期

碁に疲れた軒端の荻が眠りについたばかりのとき、光源氏が空蟬の寝所に忍び入った。『源氏物語』に精通していないと、こんな句はつくれません。江戸庶民の教養の確かさが分かります。

75　秋の句

一棋《いっき》終へて紅葉《もみぢ》仰《あふ》ぐや雲帰る

鹿間　松濤樓

指導碁を終えて

夏から初秋にかけて暑さが続いたためか、紅葉が遅れ気味でしたが、ここへきてかなり色づきました。紅葉と碁を詠んだ句で一番に推したいのが「一棋終へて」です。きれいにまとまり、下五がぴたりと決まっている。松濤樓の自信作でしょう。

大正初年、香川県坂出市の白峯寺（しろみねじ）を訪れたときの作。四国八十八箇所霊場第八十一番札所の白峯寺は、保元の乱に敗れて流刑となった崇徳天皇の御陵があることで知られます。住職が碁好きで松濤樓と親交があったとすると、一局の碁の意味の「一棋」の相手は当然住職。「紅葉」はコウヨウではなく、この場合はモミジと読みます。雲の帰る先は山です。松濤樓の『古今百句百局』から引用します。

「一局を了して再び紅葉を仰ぎ見れば斜陽既に褪《さ》めて天水の如く白雲老杉《ろうさん》の空に揺《よう》

曳《えい》して山寺の晩景転《うた》た崇高なるものがあった」

指導碁を終えて庭に出て見た光景を過不足なく表現した佳句と思います。このとき同道した俳人の亀田小蛄《しょうこ》は次の句をつくりました。

西讃《せいさん》の碁席のあるじ新酒かな

「西讃」は讃岐（香川県）の西部。「碁席のあるじ」とは碁会所の席亭ではなく、碁会が催された邸の主人でしょう。専門棋士鹿間千代治がくるというので、碁会が開かれ、終わってから地元の新酒をふるまわれたのです。亀田小蛄はもう一度紹介する予定です。

◎局畢《お》へて君と蟲《むし》聞く夜もありき　広瀬北斗

「大縄久雄氏の追善に」とあります。大縄は大正から昭和初めの衆議院議員で囲碁愛好家。広瀬平治郎は大縄と親しかったのでしょう。追善の情がよく表れています。

76　秋の句

秋の暮下手《へた》碁を勝《かち》て尚《な》ほ淋し

高浜虚《きょ》子《し》

へた碁を勝った淋しさ

高浜虚子（一八七四―一九五九）は師の正岡子規から『ホトトギス』の発行人を引き継ぎ、明治後期、大正、昭和の俳句界をリードした巨人です。同門の河東碧梧桐が俳句の革新をめざして伝統を打ち破ろうとしたのに対し、虚子は客観写生、花鳥諷詠の伝統擁護につとめます。

「私は十八九歳の時分、碧梧桐の宅で碁石を握って碧梧桐に五、六目置いて打ったことがあるやうに思ふが、もとより箸にも棒にもかゝらぬヘボ碁であって……」と書いたように、棋力も碁の句の数も碧梧桐には劣るものの、いくつかの佳句を残しました。代表句が「秋の暮」です。「立川停車場前　まる芝支店に休憩　汽車を待つ」との前書があります。立川で句会があったついでに碁を打ったのでしょう。箸にも棒にもかからぬヘボ碁なのだから負けて当然なのに、どうしたはずみか勝ってしまった。それが秋の暮の淋しさをより助長させるというのですね。

次は虚子の次男、池内友次郎《いけのうちともじろう》（一九〇六―一九九一）の句。

石蕗《つわ》黄なり碁は白黒で人遊ぶ

「石蕗」はキク科の多年草のツワブキ。晩秋から初冬にかけて黄色い花を房状に咲かせます。庭のツワブキと室内の対局の白黒模様のコントラストがうまいものです。池内友次郎は東京芸術大学教授で著名な作曲家。俳句も余技以上の腕前でした。ただし父とは違って、碁はまったく知らなかったそうです。

◎海樓や碁盤の上の散り松葉　高浜虚子

海辺の料理屋か旅館でしょう。窓から碁盤の上に松葉が散る。ただそれだけですが、ひっそりとして寂寥感が伝わってきます。

用語解説（秋）

飛び 137頁　トビ。まっすぐ進むこと。一間トビは元の石から上下左右に一つあけて石を置く配置。二間トビ、三間トビもある。

ハネる 137頁　跳ねる、と書く。元の石に対して斜めの位置に打つこと。

カケる 137頁　掛ける、あるいは懸ける。碁では先に相手の石を上から圧迫する意味に使う。

カケツギ 137頁　掛け継ぎ、あるいは懸け継ぎ。石の形を整えるつながり方の一つ。

笊碁 151頁　笊の目が粗いことから、粗雑の碁のたとえ。一説には笊で水をすくえないことから、救いようのない、粗い碁をいう。

持碁 156頁　ジゴ。双方の地の数が同じになること。盤上では引き分けだが、ジゴ白勝ち、というきまりもある。

三々 158頁　盤端から数えて縦三の線と横三の線の交点。盤上には四つある。

星 158頁　この場合の星は盤端から数えて縦四の線と横四の線の交点。

冬の句

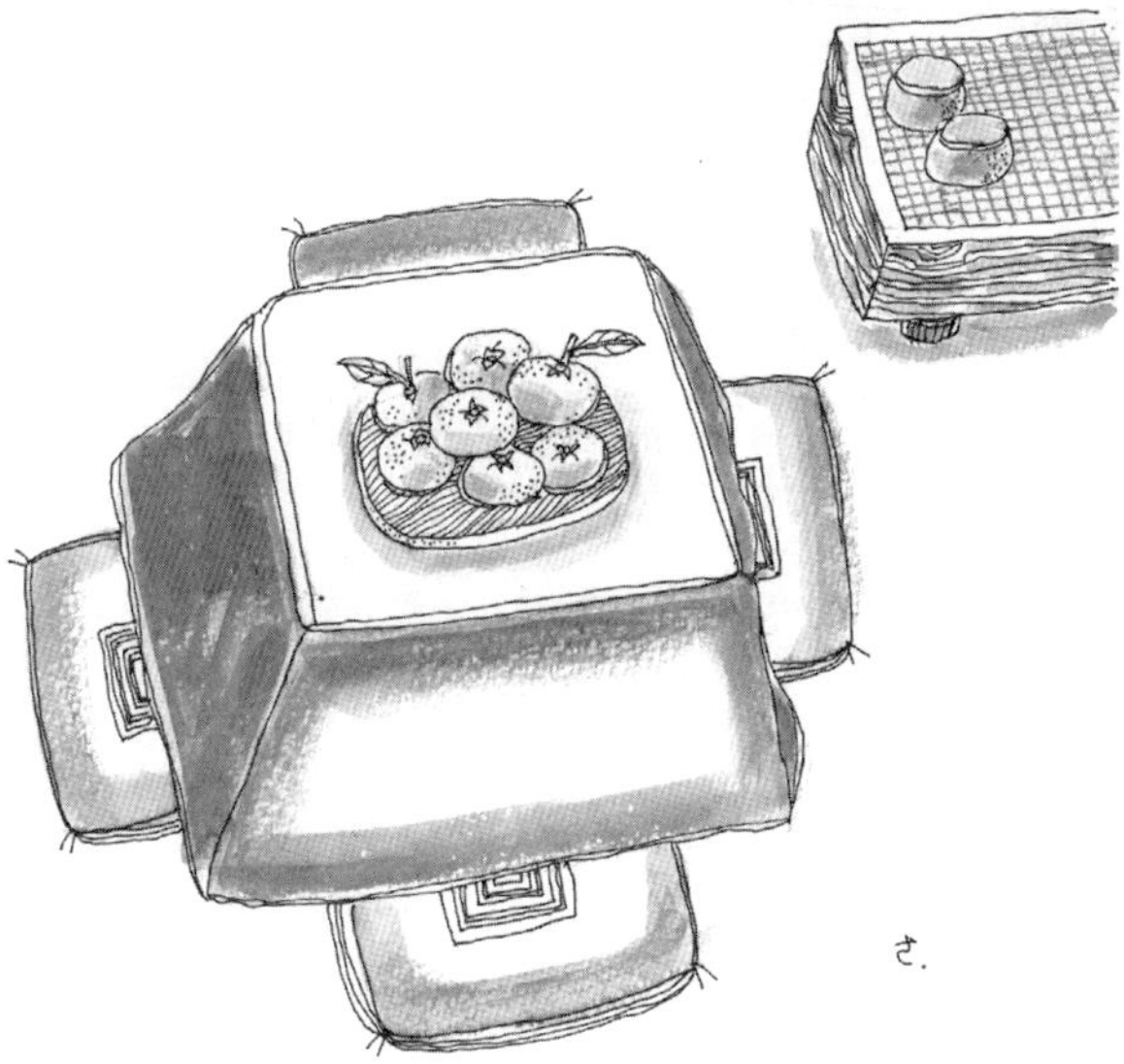

77　冬の句

古家《ふるいへ》や狸《たぬき》石打つ落葉の夜

正岡子規

タヌキが碁を打つ?!

正岡子規三十五歳の作。子規の中でもひときわ異彩を放つ一句です。子規といえばたびたび触れたように客観写生で俳句の革新を成しとげたのですが、この句には客観写生のかけらもありません。まるで正反対ですね。夢の中の光景さながらの幻想的な味わいです。

晩秋か初冬、古家をのぞいてみると、タヌキが腹鼓ならぬ石を打っているという夢。子規が俳風をまげてこんな句を作ったのは、先人の句を参考にしたからでしょう。その第一候補が芭蕉の有名句「古池や蛙《かはづ》飛びこむ水の音」です。語法、とくにことばの並び方がそっくりですね。「古家や」も「古池や」をはっきり意識しています。しかし「古池や」は子規自身が高く評価した純粋写生句です。どう解釈しようと「古家や」

とは大きく違います。そこで第二候補が浮かびました。

狸とはしりつつも又碁を囲《かこみ》

与謝蕪村と門人による俳諧選集で蕪村七部集の一つ『其雪影《そのゆきかげ》』（一七七二年、高井几董《きとう》編）の中の連句の一句。これも不思議な句です。「古家や」は狸同士の対局ですが、几董は人間に化けたタヌキを持ってきた。何番やっても負ける。こいつはタヌキに違いない、ですね。蕪村及び門人はこのような怪異趣味がありました。子規は蕪村やその門人から客観写生句だけを学んで取り入れたというのがドナルド・キーンら多くの研究者の主張ですが、怪異趣味だって参考にしたのです。

◎そとのぞく狐もわれを碁に忘れ　江戸川柳・文政期

そっと覗いた狐も碁に見とれ、我を忘れる。狐も人を化かしますが、化かすのも忘れてしまったようです。

78　冬の句

手さぐりの碁笥《ごけ》や板屋の村時雨《むらしぐれ》　内藤露沾

碁笥の音は村時雨

内藤露沾を紹介するのは三回目。大名の子に生まれながら御家騒動に巻き込まれて廃嫡となり、江戸に出て俳諧師となった人でした。江戸時代、碁の句を最も多く作ったのが露沾かもしれません。その中の代表的傑作がこれでしょう。

村時雨（叢時雨とも）は、ひとしきり強く降って通り過ぎる雨ですが、実際に村時雨が板屋（粗末な板ぶき屋根の家）の軒に降りそそいだのではありません。盤上に熱中して、手さぐり状態で碁笥にザクッと突っ込み、石をジャラジャラさせる。ほめられたマナーではないけれど、その音が板屋に吹きつける村時雨そっくりだというのです。作者は通りがかってジャラジャラを聞き、やってるなと感じたのですね。

露沾二十三歳、江戸に出て隠棲生活に入った直後の作。若くして老成したようなもの淋しい句だと思います。以後、松尾芭蕉や宝井其角との交遊を通して芸域を広げたといわれます。もう一人、杉山杉風《さんぷう》も親しい友人でした。次は杉風の時雨。

碁にまけてつれなく見ゆる時雨哉

解釈はそれほど難しくない。「つれなく」は無情にの意。碁に負けると、何もかもにくたらしい。通り雨さえもつれなく思えるというのでしょう。杉風（一六四七—一七三二）の家業は幕府御用達の魚問屋。芭蕉の高弟であり、後援者でした。深川の芭蕉庵を提供したのも杉風といわれます。

◎下手《へた》の寄る碁屋か軒端の時雨かな　蘭坡《らんぱ》

碁屋は碁会所。碁笥に手を突っ込んでジャラジャラやる音と、軒端に降りかかる音がそっくり。内藤露沾の「手さぐりや」を参考にしたのかもしれません。蘭坡は江戸中期の人。

79　冬の句

長き夜や下手《へた》碁ばかりの家来共《けらいども》

大谷句佛《くぶつ》

家来がヘボ碁なら

殿様が家臣にいうような「家来共」の使い方がユニークです。しかし句佛先生（一八七五－一九四三）は殿様ではありません。浄土真宗大谷派（東本願寺）の二十三代法主大谷光演。五十歳で法主の座を退いてからは俳句三昧の生活を送り、法主でなくなったとはいえ、多くの執事や侍者に囲まれていたでしょうから、家来共も納得できます。句佛先生、家来たちのヘボ碁を観戦していただけなのか、家来と打ったのか、この句からははっきりしませんが、どちらにしても長き夜の無聊をなぐさめるには物足りないと嘆いているのですね。そう見ると、大げさな下五もどことなくユーモアを感じさせます。逆に上の者がヘボ碁だったらどうか。これは雑俳（古川柳とか江戸川柳の総称）の独擅場です。

若殿の碁は目一つで生きてゐる

江戸明和年間（十八世紀後半）の雑俳。若殿ではなくばか殿ですね。ばか殿へのおべんちゃらのために一眼でも生きというルールを作ったのでしょうか。もう一句。

殿の我意《がい》井目《せいもく》置いて白を持つ

幕末の雑俳ですが、現代でもこんな人はいそうです。「我意」はわがまま。みえっぱりなら井目（聖目、星目など）でも白を持ちたがるかもしれません。痛快に身分の高い人をからかっています。

◎そそうしたまけるが殿への碁奉公　江戸川柳・享保期

負けるのが殿への碁の奉公のはずなのに、うっかり勝ってしまった。そこで軽率だったと悔やむ図です。現代なら殿の代わりに上役か社長でしょう。

80　冬の句

長き夜に碁をつゞり居《を》るなつかしさ　松尾芭蕉

師弟の呼吸がぴったり

元禄二年（一六八九）『奥の細道』の旅の途中、加賀に立ち寄ったときの連句（五十韻）興行の一句です。

前句の七七は旅に同行した河合曾良《そら》の「月に起臥《おきふす》乞食《こつじき》の楽《らく》」。月を旅の友とする乞食渡世の気楽さを詠んだのでしょう。ここから芭蕉は碁を持ってくる。月―長き夜―碁というつながりです。同時に「楽」から独り碁に熱中する安楽の人を関連づけたようでもあります。理屈はともあれ、芭蕉にかかればすべてが碁の句になるのはこれまで見たとおりです。「つゞり」は綴るの連用形。ことばを連ねて文章や詩歌をつくるのが綴るですが、一手一手を連ねる、つまりひとり碁を打って、かつてを懐かしんでいるのですね。

うまいと思うのは村井屋又三郎（俳号は塵生《じんせい》、当地の商人で芭蕉門）の次の七七「翠簾《みす》に二人がかはる物ごし」です。

師の「碁」と「なつかしさ」から『源氏物語』の「空蟬《うつせみ》」を持ってきた。源氏が人妻の空蟬に恋いこがれ、その邸を訪ねたところ、空蟬は義理の娘の軒端荻《のきばのおぎ》と碁を打っていて、すだれ越しに見る。その夜、空蟬の寝所に忍び入ったものの、空蟬はセミの抜け殻のように衣を脱ぎ捨てて逃げてしまう。空蟬と思って契ったのは軒端荻だったという結末です。あとで気がついた源氏は空しい気持ちで「空蟬の身をかへてける木の下になお人がらのなつかしきかな」と後朝《きぬぎぬ》の歌を詠む。二人が入れ替わったから源氏の勘違いが起こったというのです。

◎軒端の荻が垣間見《かいまみ》の邪魔になり　江戸川柳・安政期

空蟬と軒端の荻の対局を光源氏がのぞく有名な場面ですが、お目当てが空蟬なら、軒端の荻は邪魔でしょうね。江戸川柳得意の題材です。

81　冬の句

燭《しょく》寒し初祖の墓石《ぼせき》の一字《いちじ》一字

広瀬北斗

本因坊の墓に詣でて

村瀬秀甫の句を紹介したところ、もっと棋士の句を採り上げてほしい、という要望がありました。そこで広瀬北斗（名は平治郎、一八六五―一九四〇）を再紹介しましょう。広瀬は方円社の四代社長として碁界統一に尽力し、日本棋院創立につながるのです。追贈八段、門下に加藤信、岩本薫ら。

「燭寒し」は棋士らしい句だと思います。「寂光寺に詣でて」と前書があるので「初祖」は一世本因坊算砂《さんしゃ》のことと分かりますね。戦国時代末から江戸時代初めにかけて、碁界だけではなく将棋界もたばねた巨人です。「燭」はともし火ですが、この場合は北斗が墓前に据えた蝋燭《ろうそく》でしょう。夜寒の中、蝋燭の光に浮かび上がる「本因坊算砂」の文字。先達への崇敬の念がよく表れています。算砂の次は碁聖四世本因坊道策。

道策に列《なら》びみ佛沈丁花《ほとけぢんちやうげ》

「本妙寺に参拝す」との前書があります。一世本因坊算砂、二世本因坊算悦、三世本因坊道悦までは京都の寂光寺に墓がありますが、四世本因坊道策以降二十一世本因坊秀哉までは東京巣鴨の本妙寺（明治四十三年本郷より移転）が墓所。「み佛」は歴代本因坊のほか、ここに眠る遠山金四郎（景元）、千葉周作、将棋の天野宗歩らを指すのでしょう。ジンチョウゲの咲く春、本妙寺を訪れ、そう大きくはないけれど、ほかよりも一段と存在感を示す碁聖道策の墓に心打たれたのですね。両句とも北斗先生の最晩年の作です。

◎冷《ひや》かや佛燈青く碁の響き　正岡子規

佛燈は佛前に供えるろうそくなどの燈火。青で冬の夜の寒さを強調し、碁石を打ちつけるカーンという乾いた音を想像させます。明治三十年、子規三十一歳の作。

82　冬の句

短日《みじかび》や碁石あやまつ灰の中

鹿間　松濤楼

俳人として棋士として

俳句にちょっとでも興味があり、しかも囲碁好きの方に、ぜひ知っていただきたい俳人が鹿間松濤楼（一八七九―一九六三）です。名を千代治といい、本因坊秀哉門下の専門棋士（追贈七段）でもありました。弟子に日下包夫、児玉国男、中岡二郎らがいますが、実績は棋士としてよりも俳人としての方が上でしょう。若いころから河東碧梧桐、高浜虚子らと交遊し、多くの句を残しました。夏目漱石の「朝顔の葉影に猫の目玉かな」は松濤楼に贈られた句です。漱石と猫、なんとなくうなづけますね。松濤楼は碁、俳句のほかに骨董の鑑定でも目利きとして知られたといいます。

冒頭の句はきわめて分かりやすい。稽古碁でしょう。松濤楼先生、碁石を持ったまま火鉢に手をかざしていたら、誤って石を灰の中に落としてしまった。火箸で拾おうとしたものの、石はますます灰の中へ深くもぐっていく。そんないらいらした光景が浮かびます。火鉢も火箸もいまではほとんど死語ですが、つい五十年ほど前まではどこの家にもありました。もう一つ、火鉢関連の句を。

炭つぐや相手は劫《こう》をつぐ間《かん》に

火鉢に炭をつぐは接ぐ、劫をつぐは粘ぐ。一種のことば遊びですが、これはこれでユーモアの小品に仕上がっています。作者の巌谷《いわや》小波《さざなみ》は『日本昔噺』『日本お伽噺』などで知られ、わが国の童話作家の草分け的存在。余技の俳句でも名を残した人でした。

◎玄関番火ばちのふちへ穴をあけ　江戸川柳・明和期

これがなぜ碁の句なのか。旗本などの上級武家の玄関番が嫌うのは長居の客。つまり碁の客です。することがなく、門番が火鉢の灰に穴を空けたくなります。

83　冬の句

風邪《かぜ》もやゝ今宵《こよい》医師と碁を囲む

大谷句佛

医師が碁好きなら

風邪がはやる季節、そんな冬の季語である風邪も碁の句の材料になります。一七二頁でも紹介した句佛さん、何日か風邪で寝込んでいたのでしょう。そこへ往診の医師がやってきた。こんな会話があったと想像します。「顔色もだいぶよくなりましたね。熱も下がった」「では一局、お願いしましょうか」。お互いに好きなら、寝床のそばに碁盤を持ち出すに決まっています。作者の大谷句佛（一八七五―一九四三）は浄土真宗大谷派（東本願寺）の二十三代法主大谷光演。五十歳で退隠して俳句三昧の生活を送り、生涯二万句をつくったといわれます。句佛上人（句をもって佛徳を称える）として親しまれましたが、この句は佛徳と関係がないようです。似た句を。

鼻カタルとみ立てたる医師の碁好哉《ごずき》

単なる鼻の炎症で大したことないとの診断。だから碁を打ちましょうというのです。こんな医者ばかりなら世の中平和でしょう。作者は中野三允《さんいん》（一八七九―一九五五）。早大生のとき正岡子規と知り合い、早稲田俳句会を設立。薬局経営のかたわら、埼玉県の俳句界のために力を尽くしました。次は寂しくちょっぴりユーモラスな風邪の句。

つくづくと碁盤の臍《へそ》や風邪の床

立てかけてあった碁盤のへそを寝床から見たのですね。作者はしばしばとりあげた鹿間松濤樓。

◎病人の碁に負けてから名医めき　**江戸川柳・宝暦期**

医師と病人の碁、病人に負けてやったら喜んですっかり元気になった。さすが名医だ、とその後評判になったのですね。

84　冬の句

盛り崩す碁石の音の夜寒し

夏目漱石

夏目漱石と碁

夏目漱石（一八六七―一九一六）は碁を打ったのか。私たちとしては打ったと思いたいけれど、研究者の多くは否定的です。しかし寺田寅彦ら周囲には碁好きが揃っていたので、碁に対する知識、特に碁打ちの生態に関する知識は十分持っていたと見るべきでしょう。そうでなければ『吾輩は猫である』における美学者迷亭君と哲学者独仙君の対局場面の絶妙なやりとりなんて書けるものではありません。待った待たぬの争いを駄ジャレを駆使して記述し、古今東西、碁について書かれた最も面白く最もいきいきした文章だと思います。

この句は「盛り崩す」という表現が新鮮。碁が終わって盤上の石を片づけるとき、手の中でいっぱいになる。そして碁笥に収める乾いた音が夜の寒さを浮きたたせる。

漱石先生の観察眼がキラリと光ります。

漱石は生涯に約二千六百句つくり、その六割ほどは親友正岡子規に送ったものです。熊本の五高教授時代の「盛り崩す」も子規に届けられました。次は漱石最晩年の作。

連翹《れんぎょう》の奥や碁を打つ石の音

レンギョウ（モクセイ科の落葉低木）は黄色い花が咲き、春の到来を告げます。漱石先生、散歩でもしてレンギョウを見つけた。その向こうから碁の音が聞こえ、ちょっぴりうれしくなったのでしょう。「碁を打つ石の音」が冗長でやや気になりますが、視覚と聴覚に訴え、さらりと仕上がっています。

◎火燵《こたつ》して得たる将棋の詰手《つめて》哉　夏目漱石

漱石は将棋の句を一つだけ作りました。火燵で詰将棋を考えたのか、対局したのか不明ですが、詰める手を発見したというのです。漱石本人は、将棋を指さなかったといいます。

85　冬の句

洟《はな》たれて独《ひとり》碁を打つ夜寒《よさむ》かな

与謝蕪村

蕪村と子規の夜寒

与謝蕪村（一七一六―一七八三）は松尾芭蕉と並ぶ江戸俳人のスーパースター。俳諧ひと筋の芭蕉に対して、蕪村は文人画と俳諧の両刀づかいですが、蕪村の句の多くが偉大な先達芭蕉を尊敬し、意識してつくられたとされます。「洟たれて」もその一つ。芭蕉に報告する形で、先生は世俗を離れて清らかな生活を送りましたが、私はこのとおり、俗にどっぷりつかって、市井でひとり碁を打っていますよというのです。「独」「夜寒」と続くと淋しさのオンパレードですね。しかし「洟たれて」のおかしみが底なしの淋しさを救って、ほっとさせるものを感じます。死の数年前の作。同時期の句に「貧僧の佛をきざむ夜寒かな」があります。こちらは淋しすぎますね。

忘れられかけていた蕪村を高く評価したのが正岡子規でした。そこで子規の夜寒の句を。

碁の音の林に響く夜寒哉

明治三十一年、三十二歳の作。子規には碁の音を読んだ句が多く、そのほとんどがとなりの陸羯南（新聞「日本」社長。子規は文芸欄担当の社員）の家から聞こえてくる石音でした。乾いた石音だけでなく、碁に興ずる話声も聞こえ、楽しそうにやっているなと思ったことでしょう。ただし「夜寒」と結ぶとどうしても淋しい句になります。結核性脊髄カリエスが進行して自分は打ちたいけれど打てない。そんな淋しさが伝わってくるようです。

◎實盛《さねもり》のこころに打つ碁夜寒なる　鹿間松濤楼

松濤楼の夜寒句です。斎藤實盛は源平時代の武将。白い髪を黒く染めて出陣したといわれる老武将。その心で夜寒の中、私も碁を打っている。

86　冬の句

鷺《さぎ》おりて碁うち顔なる氷かな

十《じゅう》治《ち》

碁打ち顔とは？

句に詠まれる鳥といえば、ツル、ウグイス、ホトトギス、スズメなどですが、碁の句になるとカラスとサギがぐんとふえる。烏鷺《うろ》は碁の別称なのでうなづけます。この句の主人公はサギ。サギが沼や池に舞い降りるのは魚をついばむためですね。ところが氷が張って思うようにならない。さてどうしたものかと、長い首をかしげてとまどう。それが難所に差しかかって思案している碁打ちそっくりだというのです。作者の観察眼がきらりと光ります。「碁うち」とはじょうずへたに関係なく、すべての碁を打つ人を指します。

作者の十治についてはほとんどが不明。美濃派を興した各務支考《かがみしこう》（一六六五―一七三一）が編んだ俳諧集にその名があり、十治も美濃派の一員と思われます。平俗卑近と批判されがちな美濃派ですが、「鷺おりて」の平俗卑近なら大いに結構でしょう。碁打ち顔になるのはサギだけとは限りません。

首曲《ま》げて百合《ゆり》も碁打《ごうち》も思案顔

ユリ（夏の季語）の花も下を向いて首をかしげているようです。動物ではなく、植物をもってきた擬人法がきれいでうまい。「鷺おりて」に劣らない機知の句ですね。作者の日人は十九世紀前半の人ですが、姓も人となりも分かりません。一応ニチジンと読んでおきますが、これも分からない。『日人句集』を上梓しているのでまったくの無名俳人ではなさそうです。

◎永き日を碁に退屈や鶴の首　茨菰《しこ》

「鷺おりて」と似ています。庭に鶴がおりた。長い首を伸ばして対局をのぞいていたのでしょう。しかしすぐ興味を失って、そっぽを向いてしまった図です。茨菰は江戸中期の俳人。

87　冬の句

独り碁や笹に粉雪《こゆき》のつもる日に

中　勘助

雪と碁の句

日本海側、とくに東北や北陸では記録的な豪雪になります。ですが雪の句はそう多くない。限られた字数で碁と雪の両方を詠むのは難しいのでしょう。すぐれた例外がこれです。雪はすべての音を消し去る。静寂そのものですね。独り黙々と並べる石音も雪に吸収されるかのよう。沈黙という聴覚に訴えつつ、「笹に粉雪」でさらりとした視覚を強調したのがポイントです。時流にとらわれず、孤高を愛した中勘助《なかかんすけ》（一八八五―一九六五）らしい句だと思います。

中勘助は夏目漱石の推薦で東京朝日新聞に、少年時代をえがいた『銀の匙《さじ》』を連載し、これが代表作となりました。寡作ですが、詩人、俳人としても知られ、佳句が少なくありません。師がそうだったように、漱石門の多くが俳句をよくしました。その中で中勘助のほかに寺田寅彦（俳号は寅日子）、松根東洋城らに碁の句があります。次も雪と碁の句。

雪沓《ゆきぐつ》の跡に碁経《ごきゃう》の図が残り

江戸の俳諧でも近代俳句でもなく、『誹風柳多留』にある古川柳です。雪沓は藁《わら》や麻でつくったのでしょう。一面の雪の中に多くの踏み跡、その白黒模様が碁経（碁の本）の図に見えた。かなりの碁好きでなければこんな川柳は詠みませんね。と同時に川柳ではなく、俳句といっていいくらい、きれいに仕上がっています。

◎此《この》雪を猫に屈《かが》むや碁数寄《すき》ども　自亀

雪が降って寒い。碁好きどもは猫のように身をかがめて打っているよ。自亀についでは江戸中期の人としか分かりません。

88　冬の句

真中に碁盤据《す》ゑたる毛布かな

正岡子規

碁盤と碁石の正体は？

子規三十四歳、晩年の作です。万年床に敷かれた毛布（冬の季語）に碁盤をすえ、碁好きの弟子の河東碧梧桐らと楽しそうに囲碁談義する図が浮かびます。碁盤は何か。病身で体力がなく、重い足つき盤は無理でしょう。となると薄くて軽い足なし盤か板盤と想像しがちです。いいえ、違います。子規の随筆集『病床瑣事《さじ》』が明らかにしてくれます。

「初歩の本など借り来《きた》り、紙の碁盤、土の碁石、丁々《とうとう》といふ音もなく、いと淋しげに置き習ひぬ。忽《たちま》ち覚え忽ち忘れ、何のことわりも知らで、黒、白、黒、白と心も移らず遊びけるを、さと吹き入るゝ風に碁盤飛び碁石ころげて、昔の闇に帰りける、それも涼しや」

紙の碁盤だったのです。土の碁石は昭和三十年代の中頃まで、ペラペラの紙の碁盤がついて文具店で売っていたと記憶します。土を固めて安い塗料で着色しただけなので、手が汗ばむと色が落ちるシロモノでした。その後、プラスチックや硬質ガラスにとって代わられ、現在に至るのはご存じのとおり。ハマグリと那智黒はぜいたくだったのです。ずうっと前から土の碁石はあったのですね。なお初歩の本とは子規の蔵書目録から、本因坊秀栄の『定石囲碁新法』（明治二十七年、大倉書店）とわかっています。

楽しそうに囲碁談議なんてとんでもない。毛布のまん中に紙碁盤を広げ、土の碁石でひとり黙々と打つ。そう見ると、ずいぶん淋しい句です。

◎川留《ど》めに売切る宿の土碁石　江戸川柳・天保期

東海道などを旅する人が困ったのは大水による川どめ。宿ですることがない。碁でもしようか、となるわけです。宿で土の碁石を（紙碁盤も）用意していたのでしょう。

89　冬の句

碁の友の紙に目をもる火燵《こたつ》哉

江《え》左《さ》尚《しょう》白《はく》

こたつで碁

かつて囲炉裏、こたつ（火燵、炬燵とも）、火鉢が三大暖房でした。こたつで碁というのは寒い季節の定石のようなもので、句も多い。しかしこの句はこたつで碁を打つのではなく、紙の碁盤をつくっているところに特色があります。「目をもる（盛る）」は碁盤などに寸法を定めてしるしをつけること。使った道具は細筆と物差しでしょう。

前回、正岡子規の紙碁盤の句を紹介しましたが、江戸時代は想像以上に紙碁盤が多かったのかもしれません。江左（本姓は塩川）尚白（一六五〇―一七二二）は近江大津の町医で俳人。旅の途中の松尾芭蕉に入門して近江蕉門で重きをなすものの、のちに蕉風から離反したといわれます。次は一般的なこたつで碁の句。

置炬燵《おきごたつ》碁盤にむかふ風情《ふぜい》哉

作者の藤岡月尋《げつじん》は一四六頁でも紹介しました。尚白とほぼ同時代の俳人で、関西で盛んだった伊丹派の一員ですが、新奇な表現を好む伊丹派にしては平凡です。碁好きならこたつで碁は風情あるひとときでしょう。では碁嫌いならどうするか。

碁嫌ひは片付《かたづけ》てをく火燵哉

一日中こたつで碁を打たれてはたまらない。こたつを片づける一手ですね。作者の荷云《かうん》は芭蕉門の相楽等躬《さがらとうきゅう》に連なる京都の俳人ですが、姓やくわしい事績は何も伝わりません。

◎親人《おやびと》と碁を打たぬ間《ま》の炬燵《こたつ》かな　河東碧梧桐

こたつがあって碁盤があれば、一局となるはずですが、なぜか親とは打たない。深い事情があるのかもしれません。

90　冬の句

年寄の碁石怖《こは》がるさむさかな

醉《すい》　江《こう》

碁石がこわい？

饅頭《まんじゅう》こわいという落語は有名ですが、碁石がこわいなんて聞いたことがありません。饅頭と同じように本当は好きなのでは。いいえ、やはりこわいのです。ヒントは「さむさ」。寒い――碁石が冷たい――碁石に触れるのがこわいという論理的帰結です。大げさなと思われるかもしれませんが、ろくな暖房のなかった江戸時代は、私たち以上に碁石が冷たく、こわいと感じたのでしょう。若い人なら平気でも年寄りにとっては深刻です。ほろにがいユーモアの句ととらえたいですね。

江戸中期の俳人にして国文学者、画家のマルチタレント建部綾足《たけべあやたり》（俳号は涼袋《りょうたい》）が、編集した『かすみをとこ』にある醉江の句。醉江についてくわしいことは不明です。同じ句集にはこんな句も。

右の手は碁石に摺《す》れて寒哉《さむさ》

碁石に触れるのがこわい寒さ。同類の句ですね。作者の波声についてもくわしいことは分かりません。碁石が冷たければ碁好きはどうするか。

あたゝめた碁石湯気《ゆげ》たつ霜夜《しもよ》かな

碁石を湯につけてあたためちゃった。そのままでは濡れて打ちにくいので、手ぬぐいで拭いたのでしょう。それでも湯気が立った。湯気のあたたかさと霜夜の寒さを対比させてうまいものです。作者の三宅嘯山《しょうざん》（一七一八—一八〇一）は与謝蕪村や高井几董らと交流のあった京の人気俳人です。

◎局終へて石つめたしと感じけり　塩入汎葉

専門棋士らしい句です。対局中は盤上に没頭していて気が付かなかったものの、終わって石の冷たさを感じた。塩入汎葉については一五三頁参照。

91　冬の句

碁は妾《せふ》に崩されて聞く千鳥かな

池西言《ごん》水《すい》

色っぽさとすがすがしさと

「妾」をメカケと読んではいけません。現代かなづかいではショウ。いま風にいうと愛人です。妾宅での碁は碁がたきと打っていたのではないでしょう。妾と打っていたとも想像しにくい。つれづれなるままに独りで並べていたのですね。そこへキツイひとことと。「私と碁とどっちが大切なの」です。そんなこと決まっているといっちゃあ、おしまいです。あるいは「ほかにすることがあるでしょ」と怒って、碁を崩されたのかもしれません。想像力をかきたてられる色っぽい句ですが、冬の季語である千鳥を配して、ともすれば下品になりがちなのを防いでいます。言水さん、隅に置けない人だよ。

池西言水《ごんすい》は松尾芭蕉とほぼ同時代の俳諧師。談林風の軽妙洒脱から、芭蕉との交遊を通じて深みのある蕉風へと変化したといわれます。音を大切にした句が多く、「碁は妾に」も千鳥のピゥピゥ（イルカチドリの場合）というさえずりが聞こえるようです。女性が登場する碁の句では次が対照的にすがすがしい。

大原女《おはらめ》や家に碁を見る日の初め

大原女は大原の里から京の町に出て、薪や木工品を頭に乗せて売る女。初日の中、大原女が家で碁を打つ人を見た。ただそれだけですが、洛中洛外図屛風のワンシーンような趣があります。作者の空也は安土桃山時代の俳諧師。大坂北野天満宮での連歌興行に名が見えますが、くわしいことは不明です。

◎船《ふな》ばたへ来て仲居共碁を崩す　江戸・川柳

船ばたは舟端。屋形船で碁を打っていたら、船のへりに仲居どもがきて崩された。酒と料理にしましょうよ、ということでしょう。

92　冬の句

斧《おの》の柄《え》の白きを見ればとしの暮《くれ》

小林一茶

雪の句一挙大公開

北の国から雪の便りが届くようになりました。そこで雪の句、一挙大公開といきましょう。まず一茶（一七六三—一八二八）から。「斧の柄」とくれば「朽ちる」と続くのが和歌や俳諧の定石です。斧の柄がボロボロになるまで仙人の碁を見ていたきこりの爛柯伝説ですね。

ところが「白き」と続けて意表に出た。白はもちろん雪のこと。享和三年（一八〇三）の作ですが、このころの一茶は江戸に住んでいました。斧の柄の雪を見て、雪深い故郷の信濃柏原を思ったのでしょう。もう年の暮れかという感慨も含まれています。碁の句とはいえないにしても、斧の柄だけでこの欄に紹介する価値がありそうです。次は本格的？な碁の句。

白石や劫《こう》が積《つも》つて富士の雪

コウ争いを繰り返しているうちに碁笥のふたに白石がいっぱいになり、積み重なった。それが富士の雪のように見えたのです。江戸川柳的な軽いユーモアですね。十七世紀後半の一意（加賀の人）の句。次は十八世紀初めの俳諧書に是柳《ぜりゅう》とだけ名がある人物。

初雪に四つ目殺しの犬のあと

四子でポン抜くのが四つ目殺し。この場合は黒がポン抜いたのでしょう。犬の足跡が抜き跡に見えた。「白石や」と同傾向の句です。

◎碁に埒《らち》のつけば鶏《とり》鳴く夜の雪　日人

雪の夜、碁に区切りがついたと思ったら、にわとりが早くも鳴いた。もうそんな時刻になったのか、との軽い驚きを表現しています。日人は江戸末の俳人。

93　冬の句

段入《だんいり》となる碁行脚《ごあんぎゃ》や春隣《はるとなり》

亀田小蛄《しょうこ》

碁行脚は最上の修行

江戸時代の碁打ちにとって、各地の強豪を訪ねて腕を磨くのは最上の修行法でした。庄内の鶴岡に長坂猪之助を訪ねて死闘を繰り返した若き日の本因坊丈和、遠州浜松で山本源吉と対決した奥貫智策らがとくに有名です。碁行脚の伝統は明治に入っても続き、土屋秀栄（のちの十七世、十九世本因坊）、田村保寿（二十世本因坊）にも似た話があります。碁行脚はくろうとだけとは限りません。大正のころまでは段位にプロアマの区別がなく、初段は上手《じょうず》（七段）に三子の腕前。いまでいえば県代表クラス。しろうとだって初段をめざして各地を遊歴したのです。「段入」がしろうとの入段をいうのか、くろうとのそれなのかわかりませんが、いずれにせよ大目標だったのです。春になったら入段するぞとの決意が「春隣」（冬のこと）によくあらわれ、力強さを感じさせます。

作者の亀田小蛄（名は喜一、一八八六―一九六七）は句誌『京瓜』を主宰した大阪の俳人。俳人であり専門棋士だった鹿間松濤楼と親しく、大正初め『京瓜』で松濤楼と師の河東碧梧桐の三子局を企画し、掲載しました。次は江戸中期の句。

勝負碁は春の事よと年暮《くれ》ぬ

春は新春のことでしょう。今年は碁がたきによく負けた。しかし本当の勝負は年が明けてからだ。碁好きの強がりがよく表現されて、ほほえましい。作者の麗水についで、くわしいことはわかりません。

◎碁にまけし悔《くやみ》ばかりで年忘れ　　小野孤舟

忘年会の碁は次頁に譲りますが、負け碁の悔しさや愚痴ばかりが話題になりがちです。小野孤舟は江戸中期、京の俳人。

94　冬の句

かたはらに囲碁始《はじま》るや年忘《としわすれ》

一《いっ》帆《ぱん》

忘年会と碁

「かたはら」を漢字で書くと「傍《かたわら》」。語源的には脇やそばの意味の「片端」に、接尾語の「ら」がついた形です。「年忘」は一年のいやなことを忘れるためのつどい。忘年会と同じです。忘年会の主役は酒と料理、そしてときに芸者と相場が決まっていますが、お座敷のかたわらで碁を打ち始めた者がいる。酒や芸者よりも碁を優先させたわけで、まったく碁好きはどうしようもないもんだという作者の思いがストレートに伝わります。

一帆は幕末の俳人ですが、くわしいことは何も分かりません。次も同傾向の句です。

棊《ご》に我を忘れて年もわすれけり

やはり忘年会での碁でしょう。しかし「年もわすれ」には、忘年会のほかに、年の暮れであることも自分の年も忘れて碁に熱中している様子がうかがえます。作者の竹内青々《せいせい》は十八世紀後半の俳人です。

忘年会などのお座敷では碁盤が違う目的に使われることがあります。

灯《とも》し火を碁盤で消すや年忘れ

「灯し火」はこの場合ろうそく。片手で碁盤を持ち上げて揺らし、ろうそくの火を消すのが相撲取りや力自慢の座敷芸だったたといいます。東洲斎写楽の浮世絵にもあるので本当に行われていたのでしょう。しかしそんなことができるのかしら。よほど薄くて軽い碁盤だったのではないかな。作者の不騫《ふけん》は十九世紀前半の俳人です。

◎持碁《じご》打ちて笑ひ逢《あひ》たり年忘れ　祇山

こんな忘年碁会ならうれしいですね。ジゴに双方から笑いがこぼれそう。「逢」は「合」の代用です。祇山は江戸後期の俳人。

用語解説（秋・冬・無季）

コミ　159頁　込み。碁では先手（黒）が有利となるため、黒側に与えられるハンデイキャップ。四目半、五目半を経て、現在はほとんどが六目半。六目半を大ゴミということもある。半を付けるのは引き分けを防ぐため。

碁盤の臍《へそ》　181頁　足つき碁盤の裏側にある窪みのこと。打った時の音響のためとも、碁盤の反りを防ぐためともいわれている。血溜り、の別名もあり、対局中に不正をしたり、助言をしたりした首を刎ねて載せたとの俗説もある。

四つ目殺し　199頁　石の取り方の基本。縦横四つの石で相手の石を一つ取ること。

九段　211頁　碁の最高段位。江戸時代から昭和一〇年代までは九段のいない時期もあった。その時代には九段がいるときも一人と決まっていて、九段は名人と同義であった。現在の九段は獲得タイトルや勝数で決められる。

碁所　211頁　官賜碁所といい、江戸時代は幕府から賜る地位の一つだった。名人（九段）だけが碁所に就くことができた。免状の発行、御城碁の差配、対外試合（琉球の棋士など）の処置など、碁所には絶大な権威があった。

無季の句

95　無季の句

碁の工夫二日《ふつか》とぢたる目を明《あけ》て

松尾芭蕉

芭蕉、碁好きの証明

松尾芭蕉（一六四四―九四）の連句から。貞享元年（一六八四）尾張熱田での歌仙（三十六句で完結する連句）興行、「海くれて」の第九句です。

前句（第八句）の七七は尾張の俳人の穂積東藤《とうとう》の「一輪咲《さき》し芍薬《しゃくやく》の窓」。ここから碁を持ってくるのだから芭蕉先生、油断も隙もない。窓の外から室内に目を転じたのですね。室内なら碁。ただそれだけの理由ですが、いかに碁好きだったか分かります。対局ではなく、ひとりで盤の前に坐り、碁の工夫をしたのでしょう。その工夫で二日も目を閉じるのかなどと、理屈っぽく考えるのはヤボというもの。前句の一輪を受け、芭蕉独特のユーモアで二日と表現したのです。足かけ二日ならそう長時間でもありません。

うまいと思うのは次の七七、「周に帰ると狐なくなり」です。やはり尾張熱田の俳人林桐葉《とうよう》の作。芭蕉はひとり碁でしたが、桐葉は化けた狐が人間に挑戦した図に変えた。中国（周）から出張した狐が負けて化けの皮がはがれ、シッポを出した。そこであわてて「周に帰る」と泣いたのです。

狐や狸が人を化かして悪さをするのは平安時代の説話などにあります。これも芭蕉に劣らず、とぼけた味がよく出ています。なお「周」は「闇」の誤写ではないかと指摘する研究者もいます。崩して書けば似ていないこともない。正岡子規の随筆に「昔の闇に帰りける」の一文がある（一九〇頁参照）のもその根拠です。

◎三日目に一目勝って人こころ　　江戸川柳・天保期

芭蕉の「二日とぢたる」よりも大げさですね。「人こころ」は人心地《ひとごこち》と同じで、生きたここち。三日目にやっと一目勝ったのだから、ほっとしたでしょう。数字の使い方がしゃれています。

96　無季の句

道すがら美濃《みの》で打《うち》ける碁を忘《わす》る

松尾芭蕉

芭蕉は県代表クラス!?

引き続いて芭蕉の連句シリーズです。「道すがら」はよく知られた句ですが、独立した句や発句ではなく、貞享元年（一六八四）名古屋での歌仙興行でのものです（俳諧七部集『冬の日』所収）。

前句の七七は名古屋の材木商で芭蕉の弟子の鈴木重五《じゅうご》の「三絃《さんげん》からん不破《ふは》のせき人《びと》」。「三絃」は三味線、「からん」は借らん、「不破の関」は現在の関ヶ原にあった古代の関所。関守がなぜ三味線を借りようと言ったのかは、諸説あってはっきりしませんが、芭蕉は不破の関から美濃を持ってきた。

芭蕉先生らしいのは碁を関連づけたことです。前夜、美濃の宿で打った碁を道中で忘れてしまったと解釈するのが常識的でしょう。しかし「道すがら」が「打ける」に懸かるという有力な異説がある。美濃路で一緒になった旅人と「十七の四」「四の三」とか言いながら、碁盤なしで打ったのだろうと主張します。幸田露伴がこの説でした。盤石なしで打てるなんてプロ級です。あとで忘れたとしても大変な芸当ですね。故藤沢秀行（一九二五―二〇〇九）名誉棋聖は「道すがら」を書にしたため、「芭蕉の棋力は現在の県代表クラス」と認定したそうです。ひょっとしたら、芭蕉はわが国文芸史上最強の碁打ちだったのかも。

次の七七は名古屋の米商人で芭蕉の愛弟子の坪井杜国《とこく》の「ねざめ〳〵のさても七十《しちじゅう》」。碁を忘れるとは芭蕉先生もボケましたねと軽く揶揄しているようです。実際の芭蕉はこのとき四十一歳でした。

◎つづけて勝し囲碁の仕合せ　松尾芭蕉

五七五ではなく七七なのは連句のなかの短句だから。芭蕉はかなりの碁好きだったと察せられます。同時に負けず嫌いか。続けて負ければ不しあわせですね。

97　無季の句

五番町碁盤売れとは文字違ひ　（江戸川柳）

江戸川柳とことば遊び

日本棋院東京本院が高輪から現在の市ヶ谷に移転したのは昭和四十六年十一月。もう四十年以上昔になります。いいところに移ったものです。町名は五番町。碁盤町に通じますから。五番と碁盤を掛けたことば遊び（地口《ぢぐち》、語呂合せ、駄洒落などの総称）は江戸時代の初めからありました。「五番町」がいい例です。当時の五番町は旗本屋敷街。そこで碁盤を売れというのは確かに文字違いですね。十七世紀末元禄年間の雑俳（古川柳や江戸川柳）ですが、現在五番町にある日本棋院では碁盤も売っているので、文字違いとはいえません。次も元禄期の江戸川柳。

御番所《ごばんしょ》へ碁盤を買ひにくる田夫《でんぷ》

「御番所」とは交通の要所に設けて通行人や船舶を見張り、徴税などを行ったところ（広辞苑）ですが、多くは江戸町奉行を指しました。町奉行で碁盤を売れとは田夫（いなかもの）です。本当にそんな人がいたのでしょうか。いなかものをからかうのは江戸川柳の得意技でした。

五番町のとなりは九段。九段もことば遊びの対象になりました。

九段坂本因坊を籠《かご》に見る

九段に本因坊が住んでいたわけではありません。九段なら本因坊だろうというのです。十一月十七日は御城碁。九段坂から江戸城は目と鼻の先。籠で登城する本因坊を見たのかもしれません。十九世紀初めの文化年間の江戸川柳です。

◎碁所《ごどころ》は九段坂だと知《しっ》たふり　江戸川柳・天保期

名人碁所は最高位の九段と同じ。しかし地名の九段と関係があるわけではありません。天保期前半の碁所（名人）は本因坊丈和でした。

98　無季の句

鷺烏《さぎからす》道策算知霜に月

竹《ちく》子《し》

本因坊道策と安井算知

初五からあやしい。鷺と烏をひっくり返して烏鷺《うろ》は碁の別名でしたね。碁の句と思って中七を見ると本因坊道策（一六四五―一七〇二）と安井算知（一六一七―一七〇三）があるのでびっくり。句に個人名が出るのはきわめて珍しい。作者の意図がどこにあるのか分かりにくいけれど、下五の「霜に月」と合わせて対照的な二者を羅列したのでしょう。

ここでちょっとだけ囲碁史の勉強を。算知が名人碁所についたのは寛文八年（一六六八）。それに異議を唱えたのが道策の師の本因坊道悦でした。道悦の遠島（島流し）覚悟の訴えは争碁に発展します。この争碁の手合は道悦定先。第十六局までで道悦の六番勝ち越しとなり、手合が先相先に変わって二十局で中止。さらに互先に打ち込まれるのを算知が避けたといわれます。算知は碁所を返上し、道悦も退隠。代わって本因坊道策が名人碁所についたのですね。この句が詠まれたのは争碁終了の五年後。両名人は健在でした。作者の竹子はいろいろな句集に入集していますが、事績はほとんど伝わりません。個人名ではなく、本因坊を詠んだ句はいくつかあります。

橘や本因坊が夢のうち

本因坊なら橘の夢を見るだろうというのです。橘は碁の縁語(橘中《きっちゅう》の楽は碁の別名)でしたね。作者の寺町百庵(一六九五―一七八二)は有職故実、本草学、和歌、茶の湯と何でもこなす才人でした。

◎本因坊一日の手に灯《ひ》がとぼり　江戸川柳・文化期

本因坊が朝から打ち始め、一目のヨセを打つころには日が暮れ、灯火がともるだろう、との推測です。もっと長く数日をかける対局もありました。

99　無季の句

独《ひと》り哉碁盤枕の涅《ね》槃《はん》像《ぞう》

其《き》角《ご》

碁盤を枕に？

「涅槃」とはお釈迦様の入滅。涅槃像はそのお姿で、普通は絵画や彫刻で示され、寝釈迦とか寝ぼとけの別名があります。しかしお釈迦様が碁を打った話は聞かないので、誰が碁盤を枕にしたかが問題。作者自身が碁がたきと別れ、先ほどまで使っていた碁盤を枕に寝入ったと解釈することも可能ですが、自分の寝姿を涅槃像と表現するのはとんでもない見当違いですね。

前に紹介した二代目市川団十郎が編んだ句集『父の恩』（一七三〇）にある句といえば、背景が分かります。作者が父の最期を看取った直後の状況でしょう。生前は多くの碁がたきに囲まれていた父が亡くなり、愛用の碁盤だけが残った。せめてもの親孝行にその碁盤に頭を添え、死出の旅へのはなむけとしたのです。父の死なら涅槃像の表現も決して大げさではありません。お釈迦様の涅槃を追慕する涅槃会《え》はお寺の重要行事で三月（旧暦は二月）十五日に行われますが、この句は季語と関係ないと考えていいでしょう。作者の其後は十八世紀前半の俳人ですが、くわしいことは分かりません。枕にするなら碁盤より碁笥のほうが使い勝手が断然いい。

涼しさの碁笥争はぬ枕哉

碁が始まるまではどちらが白を持つかで争っていたのに、終わると仲よく碁笥を枕にひと休み。涼しさとあるので夏の句ですね。作者は「涼しさや寺は碁石の音ばかり」を紹介した大島蓼太（一七一八—八七）です。関連句は一四頁にも。

◎碁をうてば殺す科《とが》あり放生会《ほうじょうえ》　此石《しせき》

放生会とは仏教の思想にもとづき、捕えた生きものを野山や池に放す儀式で旧暦八月一五日に行われます。しかし碁で相手の石を殺すのは避けられません。此石は江戸後期の国文学者で歌人、沢近嶺《ちかね》の俳号。

100　無季の句

伊《い》羅《ら》子《ご》白《しろ》さのみ白くもなきものを　吉川五《ご》明《めい》

碁石の産地

今回はちょっと変わった句を二つ。冒頭の「伊羅子」は愛知県渥美半島先端の伊良湖岬のこと。太平洋をのぞむ三河湾と伊勢湾の境に位置し、観光スポットとして大人気です。島崎藤村の「椰子の実」（名も知らぬ遠き島より流れ寄る椰子の実一つ）でも有名ですね。ここで採れるハマグリは伊良湖白とか三河白と呼ばれ、江戸時代には高級碁石として珍重されたといいます。その後、日向（宮崎）やメキシコ産にとって代わられたことはご存じでしょう。伊良湖白がタイトル戦で使われたことは何度もあります。「さのみ」は副詞で、否定形に続く場合は「それほど」と訳すとぴったり。作者は評判の伊良湖白をしげしげと見たものの、それほど白くないなあと詠んだのですね。ハマグリは春の季語ですが、この句は無季と考えていいでしょう。

吉川五明（一八三一―一九〇三）は俳諧の盛んだった秋田の人。秋田蕉風の中心人物です。

白の次は黒。黒といえば那智黒ですが、大いに変わっている。

那智黒《なちぐろ》や道行《ゆ》く人の鼻の汗

「那智黒」は三重県や和歌山県の川で採取される石で、硯や碁石に加工されます。道行く人の鼻に吹き出た大粒の汗を黒い碁石にたとえるなんて、びっくりの奇想です。葉の上の露を碁石になぞらえた句はいろいろあるけれど、鼻の汗とはねえ。言外に夏の暑さを表現しているのでしょう。作者の専吟《せんぎん》は十七世紀末から十八世紀初めにかけての僧侶であり、俳人でした。

◎蛤《はまぐり》も石と呼ばるる伊良胡白《いらご》　江戸川柳・安永期

ハマグリもやがては伊良胡白と呼ばれる碁石になる。伊良胡は伊羅子、伊良湖、伊良子などの書き方がありました。

あとがき

平成二十三年から二年間にわたって『週刊碁』に連載された「碁の句——春夏秋冬——」に、類句や参考句を新しく追加し、再構成したのが本書です。連載のときに、凡鳥のペンネームを使ったところ「凡鳥さんは俳句の人ですか、碁の人ですか?」という問い合わせがいくつかあったと聞きました。碁の観戦記者が俳句や川柳について書くなんて出過ぎたまねかもしれませんが、しろうとはしろうとなりに誤読する権利がある、と考えます。

資料を集めるのが大変だったでしょう、と周囲からいわれました。それがそうでもなかった。有名俳人には全句集が残っており、丹念に探せば碁の句に行き当たります。それ以外の俳人については、鹿間松濤樓著『古今百句百局』(交蘭社、昭和十四年)、増田忠彦著『囲碁・語園』(大阪商業大学アミューズメント産業研究所)から多くを参考にさせていただきました。とくに増田さんには週刊碁に連載中からいろいろご教示を受けました。棋士から教えていただいた句もあります。たとえば九十八頁の石毛三喜の句。これは碁界の最長老、杉内雅男九段に教えてもらいました。杉内先生、増田さんには感謝の気持ちでいっぱいです。

一冊になった本書を眺めて大竹先生の言葉「碁の背景にはさまざまな文化的文芸的な厚みがある」を改めて噛みしめています。碁の文化的文芸的な厚みを伝える一端の場を与えてくださった文治堂書店の勝畑耕一さんと、校正の労をとっていただいた熊野友嗣さん、表紙とたくさんの挿画で彩りを添えてくれた蔦垣幸代さんに感謝申し上げます。

秋 山 賢 司（あきやま　けんじ）
1946年生れ。
早稲田大学卒　囲碁ライター
春秋子の名で朝日新聞に囲碁の観戦記を執筆。

著書
「碁のうた碁のこころ」（講談社）
「囲碁とっておきの話」（文春文庫）
「定年囲碁　ルールは簡単３つだけ」（二見書房）

碁の句 ―― 春夏秋冬 ――
発　　行　2017年５月31日
著　　者　秋 山 賢 司
挿　　画　蔦 垣 幸 代
発 行 者　勝 畑 耕 一
発 行 所　文 治 堂 書 店
〒167-0021　杉並区井草２-24-15
E-mail：bunchi@pop06.odn.ne.jp
URL：http://www.bunchi.net/
郵便振替　00180-６-116656
印 刷 所　北日本印刷株式会社
〒930-2201　富山市草島134-10
TEL　076(435)9224㈹

ISBN　978-4-938364-311　C0092